BBN B・BOY NOVELS

アベル
～サタンに造られし魂～

桑原水菜
イラスト／葛西リカコ

この物語はフィクションであり、実際の人物・団体・事件等とは、一切関係ありません。

CONTENTS

アベル　～サタンに造られし魂～

もう限界だと感じていた。

俺はもう充分耐《た》えてきたし、闘ってもきた。

だが、もう限界だ。

これ以上は耐えきれそうもない。今日まで充分我慢してきた。自分を抑え込んで、どうにかこの不平感をうまく飼い慣らそうとしてきた。

だが、もう無理だ。

奴を消さない限り、俺は生涯この悔しさから逃《のが》れられない。いまここでやらなければ、俺は負け犬だ。一生負け犬のままだ。憎しみの杯は、溢《あふ》れた。これほどの屈辱を味わわされてまで、良い人ぶる意味などない。あれのために俺はどれだけ惨《みじ》めな想いをしてきたか。

兄弟に生まれたことが間違いだった。血の繋《つな》がりがなんだというのだ。肉親だからこそ耐えられないことだってある。同じ親のもとに生まれながら、なぜ俺はあいつにこうも苦しめられねばならないのだ。

今夜だ。今夜やるしかない。……大切な妻だった。共に過ごす時間に劇的なものなど何もなかったが、平穏と、ささやかな幸せに満ちていた。安らぎだった。ようやくあいつの影に脅《おびや》かされずに済む場所を見つけ、俺は卑屈な自分を忘れ、長年俺を苦しめた劣等感を克服したと思い込んでいた。

なのに、あいつは……。

今となっては思い出すのも苦痛だ。もうやるしかない。後には退《ひ》けない。ここまで奪われておいて黙っていたのでは、人として廃《すた》る。泣き寝入りするものか。復讐《ふくしゅう》だ。

今夜、あいつを俺の人生から消してしまおう。

†

夜半を過ぎても、冷たい雨はやむ気配がなかった。寝静まる街の向こうには、群れを成す高層ビルの航空障害灯が、雨に滲《にじ》みながら明滅《めいめつ》を繰り返す。虚空に浮かぶ赤い蛍《ほたる》のようだ。絶え間ない明滅は、心臓の鼓動を思わせる。

終電が去ったガード下には、もう通る車さえない。雨水がパイプから吐き出され、陰鬱《いんうつ》な蛍光灯が、壁の落書きを虚《むな》しく照らし出している。

その男は悲壮な表情で歩き続けていた。傘も差さず、ジャケットはずぶ濡《ぬ》れで、シャツが肌に張りついていた。ほどけかけたネクタイを絞首台の輪のように首からぶらさげて、目だけをギラギラと唸《うな》らせている。

ふと行く手に気配を感じて、足を止めた。

暗い路上に、人影がある。

雨の中、黒いコウモリ傘を差した男が、行く手に立ちはだかっている。

「平野正之《ひらのまさゆき》だな……」

不意に名を言い当てられて、ずぶ濡れの男は目を剝《む》いた。コウモリ傘の男は近づいてきて、街灯の下に立った。

青白い炎が燃え立っている。

一瞬、そんなふうに見えたものだから、平野は思わず目を擦《こす》って、再び男を見た。

黒ずくめの若者だ。

年齢は、二十歳そこそこか。闇を吸い込んだような黒髪の向こうから、涼しげな青い瞳がこちらを見つめている。顔立ちは欧米系ともアジア系ともつかない。あらゆる人種の特徴が、特徴とも呼べないほどまで融合した——そんな印象だ。

実際、黒髪でありながら、瞳は透き通った青で、人種を特定しようにも色彩がアンバランスすぎる。細い筆ですっと刷《は》いたような鼻筋と凛々《りり》しい奥二重の瞳は、いかにも怜悧《れいり》そうなのに、控えめな弧《こ》を描く唇は、肉感を湛《たた》えて妙に人懐こい。

細身の躰《からだ》に、古風なインバネスコートを纏《まと》っている。まだ上着を羽織る時期でもないのに、少々季節外れな格好で、ひっそりと佇《たたず》む姿は、異彩を放っている。

更に平野の目を惹《ひ》いたのは、足許《あしもと》に従える黒い犬だ。首輪もない。ハスキー犬に似ているが、突き出た鼻が狐《きつね》のように鋭い。狼《おおかみ》に似ている。

「誰だ、あんた……。俺を知っているのか」

「ポケットに入れてるものは捨てたほうがいい」

平野はドキリとした。そこにナイフを隠し持っていた。

「お……俺が何持ってようが、あんたに何の関係が……」

「ある」

若者の声は凛《りん》と響き、雨音にかき消されることはなかった。平野は不意に故郷の湖を思い浮かべた。真冬の凍結した湖上に吹く、物寂しくもやけに澄んだ風の匂いが、鼻腔《びくう》に甦《よみがえ》った。

なんだ、この感覚は。

「そこをどいてくれ。俺にはこれからやらなきゃならないことが」

「殺すのか」

若者が鋭く言った。

「弟を」

言い当てられて、平野はギョッとした。なぜ知っている。誰にも話していない。ずっと心に抑え込んできた。この胸の内を知る者などいるはずが。

「……ずいぶん肥《こ》えさせたもんだな。まあいい。そのほうが食べごたえもある」

意味が分からない。深海を思わせる青い瞳でこちらを凝視《ぎょうし》している。見つめ返していると、瞳に引きずり込まれそうな心地がして、ぐら、と目が回った。

なんだ？　息が苦しい。目が回る。

「う……う……」

喉元を押さえて喘《あえ》ぐ平野を、黒ずくめの若者は、じっと見つめている。きれいな眉《まゆ》をつり上げて目を据わらせ、低い声で告げた。

「殺すのはやめたほうがいい。先々後悔する」

「こ……こうかいなんて、するもんか……っ」

荒い息の下から、平野は言い返した。

「俺はあいつのせいでずっと肩身の狭い想いをしてきたんだ。子供の頃からずっと」

「十歳の夏」

若者が唐突に言った。

「学校の課題で、あんたは三十日かけて船の模型を完成させた。だが三つ年下の弟は、新学期の前日にたった一時間で描いた絵で、学校一番の賞をとった」

「な……っ、なんでそんなこと知って……調べたのか」

「親は寿司屋で祝ったが、あんたの船はついに一度も話題にのぼることはなかった。二十一歳の冬。あんたは三浪してやっとK大に入ったが、弟は同じ年に」

「そ、そうだよ。現役で超一流のT大に入った。皆に祝われても肩身が狭くて惨めで情けなくて」

「その十年後、弟は気まぐれに始めた事業で大当たりした。右肩下がりな赤字会社にしがみつくあんたなんかより」

「ああ、そうだ！　遙かに収入があって女にもてて親や親戚から贔屓《ひいき》されて、しまいには俺の妻まで……っ」

平野は声を詰まらせた。

若者の声はますます冷淡になり、

「妻まで、奪……」

「………。殺してきたのか。妻を」

平野は凍りついた。ほんの数時間前だ。不倫を問いつめ言い争った挙げ句、首を絞《し》めて殺した。殺すつもりはなかった。だが自分が止められなかった。まだ誰も気づいていないはずだ。警察にも通報しなかったし、こんな夜中じゃ誰かが家に来るはずもない。なのに、なぜ。

「なるほど。それで一気に熟したわけか」

「何わけのわからないことブツブツ言ってる。そこをどけ！　邪魔をするなら、おまえも殺して

「……っ」

「状況がわかってないようだな」

怪訝《けげん》に思った平野に向けて、きれいな右手を差し出すと、若者はぱちん、と指を鳴らした。

突然、視界いっぱいに赤い光が広がった。火の海に包まれたかと思った。辺りをよくよく見回すと、四方を獣の群れが取り巻いているではないか。

赤い毛並みの犬だ。二、三十頭はいる。それらは全身から赤い陽炎《かげろう》のようなものをゆらゆら燃え立たせていた。

幻覚か、と平野はうろたえた。

ほんの一瞬前までは何もいなかった。どこから湧いて出た。何の手品だ。3D映像？　催眠術？

「今夜はおまえたちだけか」

と若者が獣の群れに話しかける。驚く平野に、

「こいつらはおまえが発するマステマの匂いを嗅《か》ぎつけて、集まってきたんだよ」

「マステマ……？　なんだそれ」

赤犬の顔に眼球はなく、目にあたる部分が黄金色に燃えている。牙《きば》を剝いてグルル……と唸る。威嚇《いかく》する相手は平野ではなく、若者のほうなのだ。

「地獄《ヘルハウンド》の犬はマステマが大好物なんだ。僕に横取りされると思っているんだろう」

若者はコウモリ傘をそっと閉じた。ビュッと一振りして、雨粒を弾《はじ》き飛ばすと、コウモリ傘が青白い炎を発した。足許に従う黒い狼犬からも、よく似た炎が噴き上がった。

赤い犬の群れが、若者めがけて一斉に襲いかかってくる。若者は傘を剣のように振り回し、犬の胴体をあやまたず突き刺した。

ぎゃん、と悲鳴をあげた犬は、一瞬、青白い火花を発し、次の瞬間には消し炭《ずみ》と化していくではないか。

次々と飛びかかってくる赤い犬を、若者は舞いでも舞うように次々と刺し貫《つらぬ》いていく。それでも仕留めきれなかったものは、黒い狼犬が絶妙の呼吸で咬《か》み倒していく。

平野は竦《すく》みあがるばかりだ。
二、三十頭を瞬く間に片付け、最後の一頭だけが残された。懲《こ》りずに威嚇してくる。若者は息ひとつ乱してはいない。
「……主《あるじ》はどこだ。おまえたちの主は」

赤い犬は、じり、と後ずさり、脱兎《だっと》のごとく逃げ出した。すかさずその犬めがけて、若者は槍を投擲《とうてき》するように、コウモリ傘を投げつけた。傘は青白い光跡を描いて、見事に胴体の真ん中を貫いた。赤い犬は青白い炎を噴き上げ、炭化して散った。

あとには雨が降りしきるばかりだ。

平野は圧倒されて、言葉もない。

「……よかったな。喰《く》われる前に見つけられて」

「さ、さっきの犬が俺を喰おうとしてたのか」

「ちがう」

目の前に近づいてきた若者が、突然、平野の背中に手を回し、強く抱き寄せた。

「おまえの中のマステマが、だよ」

至近距離での囁《ささや》きに、平野は、ぞくり、と震え、一瞬、胸を高鳴らせた。気がつくと首の後ろを摑《つか》まれていて、そうこうするうちにその美しく端整な顔が急速に近づいてきたかと思うと、平野は強引に唇を奪われた。脈絡をまるで無視した行動に彼はうろたえた。が、たちまちその甘美な行為に酩酊《めいてい》した。若者がなお深く口を吸った。

と、思った瞬間――。

平野の背中に、ズブリ、と何かが差し込まれた。

「が……っ」

ちょうど肺の裏側だ。

若者の指だった。

背の肉に潜《もぐ》りこんだ彼の指が、火箸《ひばし》のように熱い、と感じた瞬間、平野の体の奥から、もぞもぞと何かが蠢《うごめ》きだした。それは大きな固まりとなって気道を塞《ふさ》ぎながら、だんだんと喉元まで迫《せ》り上がってくる。口づけはすでに甘やかなものではなくなっていた。苦悶《くもん》にもがき、突き放そうとしても、若者の腕が強く体を捕らまえていて、全く離れない。

「む……むう……ぐは！」

気道を塞いでいたかたまりが、ついに勢いよく口から溢れた。その拍子にやっと体が離れた。平野は尻餅《しりもち》をついた。

「はあ……はあ……なんなんだ。今のは……ヒッ！」

見上げると、黒ずくめの若者が何か奇妙なかたまりを咥《くわ》えている。それはモルモットほどの大きさの生き物だった。生き物だと判《わか》ったのは、ぴちぴちと動いていたからだ。

「な……なんだ、それ……」

よく見れば、人の形をしている。小さな三等身ほどの不気味な生き物だ。頭の大きさとは不釣り合いな細い手足が生えていて、顔は赤ん坊のようにまん丸いのに、なんとも邪悪そうな貌《かお》をしている。しかも丸い背中には小さな羽が生えていた。気味の悪いキューピッド……そんな姿だ。

「い、生き物なのか……それは……っ」

若者は口に咥えていた「それ」をつまんだ。奇怪な生き物は、びーびーと耳障《みみざわ》りな声をあげながら、蜥蜴《とかげ》のような手足をばたつかせている。

「これがマステマだ。〝妄執《もうしゅう》の奇天使《きてんし》〟」

「き……てんし……？」

「おまえが生みだしたんだよ」

黒ずくめの若者は、よく見ろ、とばかりに平野に突きつけた。

「おまえの妄執がこの生き物を生んだ。いわば、親だ。おまえの心にある憎悪や嫉妬《しっと》や執着が、おまえの体の中にこいつを生み、育てた」

ゴクリ、と平野は唾を呑《の》んだ。俺が生んだだと……？　この不気味な生き物をか。

「卵は誰の心にもある。殻《から》を破って育つか否かは、そいつの生き様次第だ。だが、ここまで育てて肥えさせる奴も珍しい」

「俺が…そんな化け物を？　う、うそだ！」

「しかもこいつは育ちすぎると、育てた親を喰い殺すっていう性癖があってね」

掌《てのひら》の中で暴れる奇怪な生き物を、若者は目の高さに持ってきて眺めた。

「よかったな。あと数時間もしたら、あんたの魂《たましい》はこいつに喰われて、虚無魂《レアゼーレ》になり果てるところだった」

そう言うと、若者はマステマと呼んだ生き物にかぶりつき、その肉を噛《か》み千切《ちぎ》った。

平野は悲鳴をあげた。

「た……食べた！」

若者は奇怪なキューピッドを生きたまま喰らっていく。きれいな顔のまま、肉食獣のように、犬歯《けんし》を生肉に食い込ませ、噛み千切《ちぎ》る。赤茶けた体液を滴《したた》らせ、喰らわれる肉塊は、びちびちと断末魔のごとく暴れた。内臓も骨も。頭まできれいに完食すると、汚れた掌を、赤い舌で丁寧に舐《な》めた。

「味は、まああかな」

「な……なんなんだよう、あんた……っ、いったい……」

「正気づいたついでに教えてやる。あんたが殺した奥さんな、お腹に赤ん坊を宿していたよ」

平野は息を呑んだ。再び真っ青になった。

「お、弟の子供か……っ」

若者は歩き出し、水たまりに落ちていたコウモリ傘を拾って、差すと、肩越しに振り返って、冷ややかに告げた。

「あんたの子だ」

平野は呆然《ぼうぜん》とした。若者は雨の中を去っていく。その後に黒い狼犬が付き従う。

パトカーのサイレンが近づいてくる。

その時、雨音を裂いて、号泣する声が聞こえた。平野の号泣だった。

寝静まった住宅街に赤色灯が溢れ始めた。


真夜中のガード下は先程と変わらず、物憂《ものう》げな蛍光灯がちらついている。

コウモリ傘の若者は、足を止めた。先程まで人気もなかったガード下に、車が停まっている。大きめの四輪駆動車だ。ハザードランプを点滅させている車のそばに、誰か、いる。落書きだらけのコンクリート壁にもたれて、人待ちしているようだった。

三十代くらいの男だ。上背があり、アスリートのような精悍《せいかん》な雰囲気だ。やや癖のある髪は栗色で、顎鬚《あごひげ》を短く揃《そろ》えた野性的な風貌《ふうぼう》にはテンガロンハットが似合いそうだが、ハーフフレームの眼鏡《めがね》がそれらを抑えて理知的な印象に仕上げている。メリハリのある顔立ちは、欧米系に見える。

黒ずくめの若者に気がつくと、声をかけてきた。

「——御母衣拓磨《みほろたくま》というのは、君かい？」

若者はしばし黙り、

「………。何か？」

「やっと見つけた。捜すのに苦労したよ」

よれよれのジャケットを羽織った男は、壁から離れて、若者と向きあった。

「俺の名前は、安吾《あんご》。宇能《うのう》パジェス安吾。こんな見てくれだが、一応、日本人だ」

「僕に何の用だ」

「君に訊《き》きたいことがあってね。少しつきあってもらえないか」

言葉には、暗い緊張感を漂わせている。断れる雰囲気ではない。若者はコウモリ傘を畳んだ。

そして促えどころのない微笑で応《こた》えた。

「……ちょうど食後の珈琲《コーヒー》が飲みたかったところだ。奢《おご》ってくれるなら、つきあってもいい」

†

深夜のファミリーレストランは、翌日が月曜であるせいか、客もまばらだった。

古風なコートの美青年と、背の高いハーフ青年という一風変わったふたり連れは、いかにも店の雰囲気から浮いていて、店員がしげしげと見ている。ふたりは一番奥の席に落ち着いた。ドリンクバーの苦い珈琲を行儀良く飲んでいる「御母衣《みほろ》」なる若者を、安吾はじっと見つめている。

明るいところで改めて見る御母衣《みほろ》の容貌には、非の打ち所がない。その整い方と言ったら、生きた人間とは思えないほどだ。これが黄金比というやつか。どのパーツもおよそ考えうる限り完璧な造形とバランスとを為していて、いっそ人工物とでも言ってくれたほうが納得する。透明感のあるきめ細やかな肌は雪のようだ。

「なるほど。聞きしに勝る美貌だな。写真で見るより数倍きれいだ。うさんくさいほど」

「どうも」

「あの犬はペットかい？」

連れて歩いている黒い狼犬は、店の外でおとなしく待っている。御母衣《みほろ》は苦笑いして、

「まあ、そんなところだ」

「地獄犬《ヘルハウンド》の退治っぷり、見事だったよ」

カップの縁に唇をつけたまま、御母衣は動きを止めた。

「……………。視《み》えるのか。あんた」

「ああ。一部始終見させてもらった。そのコウモリ傘は、傘にも槍にもなるようだ」

安吾は真顔に戻って、テーブルの上で両手を組んだ。

「日本に奇天使《マステマ》を狩る男がいると聞いて、ずっと捜していた。奇天使狩《マステマ》りでずいぶん稼いでいるというが、ただの悪魔払いともちがうようだ。なぜなら、そいつはただ狩るだけじゃなく、奇天使《マステマ》を……喰らう、と」

御母衣《みほろ》は黙って珈琲をすすった。

安吾は、声を一段と押し殺し、

「奇天使《マステマ》を喰らうなんてのは、人間じゃない。アレしかいない。つまり、君は」

「なるほど……。あんた『修道騎士団』の人間か」

どきり、として安吾は身を反らした。

「なんで判った」

「その指輪」

安吾の薬指にはめられた銀細工を指さして、御母衣《みほろ》が言った。

「そいつは『門衛騎士修道会《ハダニエル・ナイツ》』の紋章だ。七百年前、キリストの忠実なしもべを名乗り、異端信徒を力ずくで排除することを使命として結成された武装修道士集団。天国の門を護《まも》る騎士を標榜《ひょうぼう》して、先鋭化した。過激すぎる異端狩りが嫌悪され、十五世紀にはカトリックとも袂《たもと》を分かった。異端による悪魔信仰を糾弾《きゅうだん》し、魔女狩りの熱狂を陰から煽動《せんどう》したともいわれてる。その修道会はカトリックから切り離された後も地下組織となって、延々と活動を続け、今に至る。……こんなところか？」

「よくご存じだ。だが、ひとつ訂正がある」

「どうぞ」

「我々は異端審問についての取り決めは『カロリナ法典』を遵守《じゅんしゅ》する。悪《あ》しき時代の、事実捏《ねつ》造《ぞう》による無差別な魔女狩りなどはしないということだ。我々が狩るのは、あくまで本物の」

「悪魔と魔女、か。とんだオカルト集団というわけだ」

皮肉をこめて笑った御母衣《みほろ》に、安吾は「なんとでも言え」と返した。

「本題に入る。我々『門衛騎士修道会《ハダニエル・ナイツ》』――通称『天国の修道騎士団』が七百年かけて追い続けてきた、第一級の異端がいる」

「ほう」

「そいつはマステマを喰らって生き続けるという、不老不死の人間だ。一説には、神に逆らう堕天使の長サタンの心臓の半分を持つという。古来より悪魔が引き起こしたとされる様々な怪異に係わってきた。……その者、伝えられている名は」

安吾は眼鏡の奥の瞳を鋭く光らせた。

「アベル」

御母衣《みほろ》は伏せていた青い瞳を、すっとあげて安吾を見た。

「………。不老不死の人間なんて、本当にいると思うのか」

「いやマステマを喰らう者は厳密には人間ではない」

「人間でなければ、なんだ。魔女か？」

「御母衣《みほろ》拓磨。君に関する情報は逐一《ちくいち》、本部が把握している。十七年前にヨルダンで起きた集団自決事件、三十五年前にダラスで起きた群衆焼死事件、そして七十年前に日本で起きた集落全員怪死事件。いずれも未解決だが、全てその陰に君がいたことは確かだ」

御母衣《みほろ》は突然、声をあげて笑い始めた。

「こんな若い男が、七十年前の事件に関与したなんて、誰が信じる？」

「まともな人間なら信じないだろうな。だが、あいにく俺たちは警察ではないんでね」

安吾が一枚のモノクロ写真を差し出した。軍服を着た若い男が写っている。容貌は、御母衣《みほろ》にそっくりだった。

「これは、君だね。御母衣《みほろ》くん」

「……………」

「御神村《おがみ》で起きた集落全員怪死事件での唯一の生き残りだ。御母衣《みほろ》家の三男、御母衣《みほろ》拓磨。君について色々と調べたいことがある。我々の本部まで同行願いたい」

「御免被《ごめんこうむ》る。理由がない」

「理由はある。目撃された御母衣《みほろ》拓磨は、いつもどこぞの英国紳士みたいにコウモリ傘を持っていた。君が所持しているその傘だ。本部の見解なんだよ。君こそが伝説の『アベル』ではないかと」

御母衣《みほろ》はカップをソーサーに置いて、また笑い始めた。

「オカルト集団だかカルト集団だか知らないが、そんな作り話の御仁《ごじん》と疑ってもらえるなんて、僕は光栄だな」

「おとなしく来てもらわないと困る。でないと君を殺すことになる」

安吾の冷淡な言葉に、御母衣《みほろ》はふっと笑みを消した。

「僕を殺す？　なんで」

「君はマステマを喰らった。人間ではない証拠だ。非人間は、我々の定義ではすなわち悪魔。生かしておくわけにはいかないんだ」

「なるほど。断れないようにできてるわけか。だが断る」

御母衣《みほろ》はコウモリ傘を手にとって、立ち上がった。

「僕は『アベル』なんかじゃないし、マステマを喰うからって悪魔なわけじゃない。僕はただ、ちょっと変わった人間ってだけだ。あんたたちに殺される謂《いわ》れもないし、殺せるとも思えない。ごちそうさま、ミスター宇能。もう会うこともないでしょう」

去りかけた御母衣《みほろ》の左手を、安吾がすかさず握った。はっと御母衣《みほろ》が振り向いた時には、その薬指に銀色の指輪がはめられている。『修道騎士団』の紋章が入った指輪だ。安吾はニヤリと笑い、

「……エンゲージ・リングだ。御母衣《みほろ》くん」

「ちょっと、なに勝手な真似《まね》……うっ」

指輪は指に食い込んで外れない。

「そいつはキリストが磔刑《たっけい》に処された時、最初に肉体を貫いたというロンギヌスの槍から作られた貴重な指輪でね。ついでに言うなら、俺のとお揃いだ」

と安吾が自分の指輪を見せつけた。

「その指輪を外せるのは、俺だけ。ついでに言うと」

安吾がその手首をクイと引くと、御母衣《みほろ》の体も糸にでも引っ張られたようによろめいて、安吾の腕の中に抱き留められた。

「こんな具合に君を引き留めることができる」

「あんた一体……っ」

「君を殺すかどうするかは、俺の胸三寸だ。とりあえず君が『アベル』でなくてもいい。『アベル』を捜す手伝いをして欲しい。協力してくれるかな」

「嫌なこった」

安吾の胸を突き飛ばし、歩き出そうとしたが、またしても引っ張られて、御母衣《みほろ》は安吾の腕の中に転げ込んだ。

「はい。そういうわけで、契約完了」

妙な展開になってきた。

†

このうえなく不本意な流れで、自称修道士・宇能パジェス安吾なる男の家に連れてこられた御《み》母衣《ほろ》は、彼の仕事に付き合わされることになってしまった。

安吾の自宅は、都心の高層マンションの一室だ。彼は門衛騎士修道会《ハダニエル・ナイツ》の極東アジア教区日本担当で、仕事は一応インターネットでの布教活動ということになっている。カトリックやプロテスタントなどの伝統ある諸教派とは一切相容《あいい》れず、独自の教義を貫く彼らは布教方法も独特で、日本に教会などはないが、布教サイトを持っていて、いわばそのサイトが彼らの「教会」というわけだ。ミサもこの自宅からＷｅｂ配信で行うので、視聴する信徒は、家にいながらにしてミサに参加できる。まあ、お手軽な今時の宗教活動といったところだ。

「便利だろ。ネットができるとこなら出張先からでもミサを行えるし」

安吾はパソコンに向かいながら、せんべいをかじっている。このルックスなので評判が評判を呼んで、意外にも女性信徒が多いという。ソファに腰掛けた御《み》母《ほ》衣《ろ》は呆《あき》れ顔だ。

「……今じゃ教会もネットの中か。変われば変わるもんだな」

「迷えるけれども時間がない現代人にはぴったりじゃないか。ローマ法王だってツイッターをやるご時世だぞ。……よし、メール送信と」

Enterキーを押して、椅子《いす》ごとぐるりと体をこちらに向けた。

「それより梱包終わったのか」

安吾の布教サイトは物販も行っていて、ロザリオや魔除けグッズなども売っている。御母衣《みほろ》は郵送するための梱包を手伝わされていた。不機嫌なのは、そのせいもある。

「人をバイト代わりにして……。何が異端摘発だ。こんなオカルトグッズを売ったりして、あんたらのほうが余程、異端くさいじゃないか」

「布教には金がかかるんだよ」

「金がかかるのは布教じゃなくて家賃のほうじゃないのか。まったく」

緩衝材《かんしょうざい》入りの封筒にロザリオを入れて、御母衣《みほろ》は嫌そうな顔を向けてきた。その足許には黒い狼犬が丸くなっている。安吾が近づくと、すぐに目を覚まし、牙を剝いてきた。

「可愛《かわい》くない犬だな」

「アブディエルは僕にしかなつかない。下手に手を出すと、腕を食いちぎられるぞ」

「アブディエルというのか。この犬」

安吾はしゃがみこんで顔を覗《のぞ》き込んだ。

「サタンのしもべだった天使の名前と一緒だ。神への反抗を拒否して、サタンから離反したという……。こいつもただの犬じゃないようだが？」

平野を襲った赤い犬たちを咬み殺したくらいだ。安吾が水を向けても、御母衣《みほろ》は答えようとしない。代わりに、

「なぜ僕に協力しろと？　あんたにとって非人間は皆、悪魔なんだろう？　僕が悪魔だっていうなら、異端狩りする奴が悪魔なんかとつるんでいていいのか」

「修道騎士は一人につき一体だけ、悪魔をしもべにつけることが許されている。その指輪を与えた悪魔の使役権を有する」

「何が使役権だ。ばかばかしい。僕は人間だ。早くこいつを外せ」

「駄目だ。奇天使《マステマ》なんか喰らう奴を野放しにはできん。うちの教団に狩られたくないなら、おとなしく俺の管理下についとけ。悪い話でもないと思うぞ」

御母衣《みほろ》は、溜息《ためいき》をついた。

部屋には木製の祭壇がしつらえてあり、磔刑のイエス像がこちらを見下ろしている。こう見えても、安吾は敬虔《けいけん》な信徒で、修道士らしく、日に三回の祈禱《きとう》を忘れない。

ただ布教活動の陰では、裏サイトを運営していて、そこではこっそり悪魔払いを請け負っているという。まあ、大半は相談者の思いこみや勘違いだが、中には本格的にまずい案件もあって、

それらの相談料・解決料が密かな収入源にもなっていた。

「便宜《べんぎ》上、わかりやすく〝悪魔払い〟とうたっているが、要するに奇天使《マステマ》退治だ。人間の妄執から生み出される奇天使《マステマ》は、人の世によからぬことばかり引き起こすからな。おまえさんが俺のしもべになってくれれば、奇天使《マステマ》狩りが効率よく進んで、俺の成績アップに繋がるわけだ。給料も上がって、出世コース万歳《ばんざい》」

「つきあいきれない。帰らせてもらう」

立ち上がると、安吾がすかさず見えない糸をクイと引っ張る。御母衣《みほろ》はよろめいて、またしても安吾の膝に倒れ込んだ。

「だから、逃がさないって言ってるだろ」

その姿勢のまま、なんとなく見つめ合ってしまう。青い海中を思わせる瞳が、安吾を至近距離から見上げている。薄く開いた唇がほってりとしていて、いやに肉感的だ。ややのけぞった喉元から鎖骨のラインに妙な色気があって、安吾は思わずゴクリと生唾を呑み込んでしまった。

見れば見るほど、謎めいている。気を抜くと、ついこうして見入ってしまいそうになる。「悪魔的に美しい」とはこのことか。

「………。おまえ、本当は何者なんだ？」

安吾の問いに、御母衣《みほろ》は沈黙で答える。

「七十年前の事件の〝御母衣《みほろ》拓磨〟本人なんだろう？　御神村で何があった。なぜ君は年をとらない」

「……………」

「本当に『アベル』とは何の係わりもないのか」

「なんで、そう思う？」

「それは、おまえの容姿が……いやに……」

美しすぎるからだ、と言おうとして、呑み込んだ。伝説の異端『アベル』は絶世の美貌の持ち主だという。御母衣《みほろ》を見ていると、その大袈裟《おおげさ》な表現も、彼になら通じると思えるのだ。生身の人間であるのが奇跡と思えるほど、美しい顔立ちだ。顔だけ見ていると男性とも女性とも見分けがつかない。その両方を併《あわ》せ持ち、全てが調和した、名画が持つ吸引力と同じようなものを彼から感じる。

すると、御母衣《みほろ》の唇が動き、睦言《むつごと》でも囁くように、かすれた声で問いかけてきた。

「もし、僕がアベルだったら、僕はどうなる？」

安吾は、どきり、としたが、

「……幽閉、することになるだろうな」

強いて冷静に答えた。

「伝説の『アベル』は、堕天使の長サタンによって造られた被造物だという……。神は完全なる被造物は作らなかった。なぜなら完全なるもの即《すなわ》ち神自身であるがゆえに、それがふたつとして存在することを恐れたからだ。だが神を憎むサタンは、自ら神となろうとして、神を超える完全なる美を具《そな》えた被造物を作った。それが『アベル』……」

「……。ちがう。アベルは完全じゃない」

え？　と安吾は目を剝いた。

「完全にならぬよう、神が肋骨《ろっこつ》を一本、彼から抜いた。だからアベルは完全じゃない」

「どういうことだ」

御母衣《みほろ》は答えず、その腕から擦《す》り抜けるように、身を起こした。

「異端の言い伝えだ。ほんとかどうかは、知らない」

「おい、おまえ……っ。本当はアベルのこと何か知ってるんじゃないか！」

「あんたたちこそ、毛嫌いしている異端の伝説を真に受けるなんて、どうかしてる。僕から見れば、あんたたちのほうがよっぽど異端だよ」

風呂に入ってくる、と言って、御母衣《みほろ》は立ち上がった。アブディエルを従えて、バスルームに消えた。

確かに、御母衣《みほろ》の言うとおりだった。

正統を重んじる自分たちの教団は、魔女や悪魔信奉者を摘発し、異端の言い伝えを否定し、これを排除するのが使命なのに、異端の言い伝えにある「アベル」を捜すのは、どう見ても矛盾している。だが、実際に言い伝えの通り、そんな人間が存在するのならば、その存在そのものを「異端」とみなす。……これが教団の論理だった。

何より、神に逆らうサタンの悪意から地上の羊たちを護るのは、天国の門を護ると標榜する自分たち「門衛騎士《ハダニエル・ナイツ》」である修道士の使命だ。悪魔そのものを退治するのは、立派な仕事である。ましてや、サタンの被造物なんてものがもしこの世に実在するのなら、放置などできるはずがない。

「ったく。なんであんなに上から目線なんだ」

安吾はふと手を見た。震えている？

この俺が？

息がかかるほど至近距離だったせいか？

御母衣《みほろ》が触れていた太腿《ふともも》にまだ彼の感触と温《ぬく》もりが残っている。ウブな思春期にでも戻ったような気分だ。

御母衣《みほろ》の白いうなじが目に焼きついて離れない。動悸がする。体が熱い。

なんなのだ。あの濡れたような唇は。

なぜ、あんなふうに誘うみたいに薄く開くんだ。

修道士は禁欲を旨とする。生涯、妻帯はせず、童貞を貫くのが掟《おきて》だ。

まして同性愛など、あってはならない。

安吾は眼鏡を外し、顔を手で覆ってソファにひっくり返った。

「……俺はどうなっちまったんだ……」


七十年前に起きた御神村の事件——。

それはいまだに未解決で、謎のまま、時だけ過ぎ去った。

一集落の住民、三十五名が一晩のうちに変死を遂げた。太平洋戦争の真っ直中であり、事件は軍によって隠蔽《いんぺい》され、報道もなされなかった。

敗色濃くなっていた戦時中の日本では、国民の士気を下げるような災害や事件は公《おおやけ》にはしないよう、軍によって報道規制されていたためだ。尋常ならざる事件であったため、国民の衝撃が大きいことに配慮したのだろう。

山間《やまあい》にある、十軒ほどの小さな集落だった。その全ての家の住民が全員、死体となって見つかった。

死因は、不明だ。外傷はなく、他者による殺害と見られる痕跡は一切見つからなかった。毒物も検出されず、病原体も見つからず……。

住民の中で、出征していた者以外で、唯一死体が見つからなかったのが、御母衣《みほろ》拓磨だった。古くから村の名主を務めていた御母衣《みほろ》家の三男で、年齢は二十歳。三日後には出征が決まっていた。警察は彼が何らかの事情を知っているとして、行方を追ったが、ついに捕まらなかった。彼が出征を拒んで村人を殺害したのでは、と言われているが、それを証明する痕跡は何もない。

ただ、その夜、近隣を通りかかった郵便配達員が、集落のあたりで、赤く発光する狐の群れを見たという証言が残っている。

——それは、地獄犬《ヘルハウンド》ではないか。

教団は、そう睨《にら》んだ。

地獄犬は「奇天使《マステマ》」を嗅ぎつける。

人間の妄執が生んだ「奇天使《マステマ》」は、「堕天使《フォーリン》」と呼ばれるこの世ならぬ存在によって回収され、地獄に連れていかれる。堕天使たちが降臨した時に現れるのが、地獄犬だ。先日、御母衣《みほろ》が退治した、あの赤い犬たちのことだ。出現する頭数が多いほど、上級の堕天使が絡んでいるという。

御神村で目撃された地獄犬の数は、百を下らない。

堕天使は、人間と同じ姿になれるので、余程でなければ区別がつかない。御母衣《みほろ》拓磨は、堕天使ではないかとも推測されるが、そもそも「堕天使は奇天使《マステマ》を喰わない」。その一点において、説明がつかない。

もしくは、堕天使と人間の間に生まれた、悪魔ではないか。

さもなければ——。

御母衣《みほろ》拓磨の姿は「御神村」の後も、数々の怪事件の現場で目撃されている。

しかも、全く年をとらない姿で——。

悪魔なら、年をとる。人よりは長寿だが、不老不死ではない。

バスルームから、シャワーの音が聞こえてくる。その入口に立って、安吾は険しい顔だ。

曇りガラスの向こうに、うっすらと、御母衣《みほろ》の体のシルエットが浮かび上がる。

思わずその輪郭《りんかく》を目でなぞってしまう。

彼は、いったい何者なのか。

†

街路樹が染まり始めると、見慣れた街の風景も一年で最も華やかになる。黄金色の銀杏《いちょう》並木が青い空に映《は》えて鮮やかだ。

街を行く人々もそろそろコートを羽織るようになってきた。安吾が御母衣《みほろ》を連れてやってきたのは日比谷《ひびや》だ。皇居《こうきょ》にほど近い、オフィスビルが立ち並ぶ一角だった。

「ここか。事件が起きてるのは」

古き良き昭和を思わせる建物だ。大きな劇場が入っている。演目のタイトルが入った大きな看板の下にたくさんの客が集まっていた。

「この演目を見た観客に七人、人死《ひとじ》にが出てる。一件は事故、一件は病死、五件は自殺。事故や病死はともかく、自殺五人は少し多すぎる」

「物凄《ものすご》い奇天使《マステマ》臭だな」

と御母衣《みほろ》が言った。安吾に無理矢理つれてこられて、見るからに不機嫌な御母衣《みほろ》だったが、現場に立つと、途端《とたん》に目つきが変わった。

「おまえ本当に臭《にお》いでわかるのか。なんて鼻だ。人間じゃないなら地獄犬《ヘルハウンド》じゃないのか」

「あんたは何も感じないのか」

「あいにく。俺はこいつが頼り」

安吾が手にしたのは水銀温度計だ。

「奇天使《マステマ》に反応する聖水銀だ。多いところほど示す温度が上がる。こっちは妄執体温計。人間の妄執熱を測れる」

見れば、ずいぶん古い水銀式の体温計だ。「デジタルにはできなくてね」とぼやいた。温度計はすでに五十度を指している。

「こりゃサハラ砂漠級だな」

ちょうど昼の部が終演したところで、次々と観客が吐き出されてくる。興奮気味の観客は、口々に感想を言い合っている。

ちょっと異様なほどだ。

「……ずいぶんと奇天使《マステマ》の赤ん坊を育ててる奴がいるな。なんだ、この劇場は。妄執の巣窟《そうくつ》か」

「煩悩《ぼんのう》ってやつじゃないのか。演目は『死《し》の皇帝《こうてい》』。十年前ロンドンで大ヒットして以来、何度も再演を繰り返してる人気ミュージカルだ。今回の主演はギルバート・ラッセン。三十五歳。いまロンドンで一番人気の舞台俳優らしい。二年前にオーディションで主役を射止めるまでは、全くの無名俳優だった」

と安吾がスマートホンを御母衣《みほろ》に見せた。オーディション前の画像はずいぶん地味な印象だ。

「あの看板とはまるで別人じゃないか。整形か？」

「かもな。というわけで、はい」

安吾がチケットを差し出した。

「オークションで苦労してゲットした。最後まで粘って、やっと勝ち取った貴重なチケットだ。

ちなみに一枚五万もした」

「観るのか？」

「もちろん」

次の開場まで二時間ほど時間を潰し、夜、再び劇場にやってきた。観劇など、見るからに億劫《おっくう》そうだった御母衣《みほろ》も、奇天使《マステマ》をたくさん食せそうだ、とわかって、幾分、機嫌が直った。

ロビーは大変な賑《にぎ》わいだ。九割方女性客で、グッズ売場も盛り上がっている。熱狂的なファンがついている演目で、リピーターも多いらしい。

安吾と御母衣《みほろ》は席に着いた。

御母衣《みほろ》の手は（快晴だというのに）相変わらずコウモリ傘を握っている。

優しげな顔立ちとは裏腹に、不遜《ふそん》な男だ。安吾に対する言動には全く謙遜が見られない。まあ、彼が本当に「御母衣《みほろ》拓磨」本人なら、安吾よりずっと年上のはずだから、そんな態度をとるのも納得だが……。

こいつは本当に御神村の「御母衣《みほろ》拓磨」なのか？

顔を眺めていると、ついまた吸い寄せられるように見入ってしまう。なんてきれいな横顔だ。目を伏せているのでまつげの長さが余計際だつ。いつまでも瞳に収めておきたい気分になり、そうなっている時の安吾は、世界から自分たちだけが切り離されたような心地でいる。

そばにいるだけで妙に気持ちが昂《たかぶ》る。思春期の少年のように胸が高鳴るのは、やはりこの美貌のせいか。相手は同性だぞ。

ふと我に返って、周りの女性客からの熱い視線に気づいた。コソコソ何か話している。どうやら芸能人と勘違いされている。

「おい、見られてるぞ。おまえ目立ちすぎだ」

「僕じゃない。あんたを見てるんだろ」

「どう考えてもおまえだろ」

「僕は人の注意は惹かない。惹いても五分後には皆、忘れるようになってる」

「なってるって……」

「僕には人の好奇心を妨害《ジャミング》できる。それより気になるのは、客の様子だ。奇天使《マステマ》持ちが多すぎる」

そこにもここにも、体内に奇天使《マステマ》を育てている者がウロウロしている。

「やはり観た客が七人死んでるというのは、本当みたいだな」

「さもありなん、か。この舞台に一体なにがあるんだ？」

そうこうしているうちに開演時間になった。

劇場は満席。オーケストラピットから奏でられる仰々《ぎょうぎょう》しい音楽に乗せて、緞帳《どんちょう》が上がっていく。ゴシック調の舞台装置がステージを飾りあげ、ダークで淫靡《いんび》なライトに彩られた板の上には華やかな男女のコーラスが待ち受ける。

悪魔と契約して死を操れるようになった平凡な男が、数奇な出来事の果てに、皇帝となり、やがて破滅する様を描いたゴシックホラー・ミュージカルだ。権謀術数《けんぼうじゅっすう》と退廃とに満ちた耽美的な作品で、衣装も音楽もゴージャスに非日常感を盛り上げる。

序盤は、特になんということもない。群舞は美しいし、役者の歌唱力もなかなかだ。とはいえ、格別異様なものは感じない。異変が起きたのは、主役のギルバートが登場してからだった。

御母衣《みほろ》の表情が変わった。

安吾も「ほう」と感心した。

「すごい声だな……」

彼が現れた瞬間、舞台の熱量が劇的にあがった。照明の光量は変わらないのに眩《まぶ》しいと感じたのは彼自身の輝きのためだ。舞台映えする容姿に、圧倒的な歌唱力。まさに主役の華を具えている。

あっというまに観客の心を捉えて、それからはもう独壇場だった。ギルバートは歌声もダンスも抜きんでていて、一挙手一投足から目が離せない。神懸かり的な訴求力だ。自分が舞台の支配者とばかりに、その全てで観客を魅了してしまった。

ソロパートでは観客全員が彼の歌声にどっぷり陶酔《とうすい》している。

スリリングな絡みの場面では、安吾まで我を忘れて舞台にのめりこんでいる。轟《とどろ》き渡る合唱は怒濤《どとう》のような迫力がある。最高潮《クライマックス》に突入し、大興奮する観客に囲まれ、一人、険しい顔を崩さないのは御母衣《みほろ》だった。

正味《しょうみ》三時間のめくるめく舞台は、熱狂のうちに幕を下ろした。

「いやあ……、久しぶりに興奮する舞台だったな。これでも十代の頃は役者になりたかったんだ。俺の中の役者魂が疼《うず》いたなあ」

「ひどい舞台だ」

水を差されて「なに」と安吾は睨みつけた。

「人が感動した芝居にケチつけるのか。どこの劇評家気取りだ」

「ちがう。芝居のよしあしはわからないが、みろ」

と御母衣《みほろ》がロビーに視線をうながした。終演直後の客は、皆、異様に興奮気味で、いまだ熱狂のただ中だ。

「妄執熱があがってる。奇天使《マステマ》を抱えている奴は、ほんの三時間でずいぶん育ててしまったようだ。特にあそこの青い服の女」

いま階段を下りていこうとしている若い女を指して言った。

「奇天使《マステマ》がそろそろ宿主を食い破るぞ」

「マークするか」

そんなふたりの耳にギルバートのおっかけらしき女たちの会話が飛び込んできた。大きなプレゼントを抱えて「楽屋口に急げ」と慌てている。やりとりを盗み聞いた御母衣《みほろ》が首をひねった。

「でまち……？　って、なんだ？」

「出待ちだろ。楽屋から出てくる役者を外で待ち伏せて、プレゼントを渡したりするんだよ」

「なるほど。じゃあ、あんた、あの女のマークをしてくれ。僕は〝出待ち〟する」

「は？　おまえ、なに人に押しつけて……あ、おい、こら」

観客の波をかきわけて、御母衣《みほろ》は先に行ってしまった。安吾はポカンとしたままだ。

地下にある楽屋口にはすでに多くのファンが待っていた。役者が出てくる廊下は花道と化していて、お気に入りの役者にプレゼントを手渡しする恒例の場所となっている。四十分ほど待たされて、ようやく普段着に戻った役者たちが続々と楽屋から出てきた。人垣になっていて、御母衣《みほろ》はなかなか近づけない。一際大きな歓声があがった。主演のギルバートが出てきたのだ。次々と手を伸ばしてプレゼントを差し出すファンに応えながら、花道を進んでくる。長身のギルバートは遠くからでも目に付いた。御母衣《みほろ》は人垣をかきわけて強引に前へ出て、ギルバートの行く手に立ち塞がった。

驚いたのはファンたちだ。突然スターを通せんぼした黒ずくめの若者を、警備員がすかさず追い出そうと前に出た。それを、制止したのはギルバートだった。

ギルバートは優雅な表情で御母衣《みほろ》と向き合った。

「サインが欲しいのかな？　あいにくサインと握手はお断りしているんだ」

「……僕の目がごまかせると思うのか」

御母衣《みほろ》は冷淡に告げた。

「久しぶりだな、ネルガル。意外な才能じゃないか。まさか役者に向いていたとは思わなかったよ」

ギルバートは薄ら寒い眼差《まなざ》しになって、御母衣《みほろ》を見つめていたが、やがて隣にいるマネージャーに何事か囁いて、受け取ったプレゼントを全て預けた。手ぶらになると、きびすを返し、

「私の歌が聴き足りないようだね。特別だよ。ついておいで」


安吾は、青いワンピースを着た女性客を尾行していた。確かに挙動が怪しい。

他の観客は駅に流れていくのに、彼女が向かったのは正反対、暗いオフィス街の方だった。終始うつむいて、足取りもおぼつかない。

妄執計と安吾が呼ぶ水銀温度計は、上昇している。彼女の体内に宿る奇天使《マステマ》が、どんどん育っ

ているためだ。

何かに呼ばれるように、人気のないビルの屋上へ向かった。不穏だ。安吾は手袋をはめ、眼鏡をとりかえた。霊視のための特殊レンズを通して見ると、彼女に赤い犬たちが群がっている。

「地獄犬《ヘルハウンド》……っ。来たか」

屋上に出た青い服の女は、思い詰めた表情で、柵に手をかけ、じっと下を見つめている。乗り越えようと足をかけた時、安吾は声を張り上げた。

「早まるな！　君！」

女は振り返った。

「誰……っ」

「君を助けに来た！　自殺なんて考えるな！」

女は動揺した。その体にはたくさんの地獄犬が群がっているが、常人にそれは見えない。

「止めないで。もうどうでもいいの。死んだ方がいいの」

「馬鹿なこと言うな」

「もう何もかも嫌。あの人のせいで人生めちゃめちゃ。私は離婚までして家族を捨てたのに、あの人ははじめから別れる気なんてなかったのよ。不倫を言い触らされて、私は会社にもいられなくなったのに」

「おい、だからって死ぬこたないだろ！　しっかりしろ！　あんた自分の妄執に殺されかけてるだけだ！」

地獄犬たちが吠え立てる。女の喉が、ぼこっと膨《ふく》らみ、口から奇天使《マステマ》が溢れ出てくる。まずい、と安吾は思った。奇天使《マステマ》は産まれ落ちるとすぐに、寄生先の魂を喰らう。上着で隠した肩のホルスターから、安吾が引き抜いたのは、年代物の小型拳銃だ。銃口を女に向けた。女は膨らんだ喉を押さえ、

「なに……なにがおきて……あがっ」

「動くなよ！」

地獄犬たちが安吾めがけて襲いかかってくる。安吾は迷わず引き金を引いた。弾は、女の口から這《は》い出てきた奇天使《マステマ》の額をあやまたず撃ち抜いた。奇天使《マステマ》だけを消滅させる「葬送弾」だ。人体に触れると蒸発して消える。奇天使《マステマ》の赤ん坊は青い血を吹いて、女の口の中で消えた。

「うお！」

次の瞬間、安吾に襲いかかってきた地獄犬が、腕といわず足といわず、咬みついた。咬んだところから肉を腐らせる。安吾はブーツに仕込んだ聖鉄製のダガーを抜き、地獄犬たちを刺しまくる。刺された地獄犬は、次々と蒸気を噴き上げ、消滅した。

「おい、あんた大丈夫か！」

倒れ込んだ女を抱き起こした。女は気を失っていたが、介抱するとまもなく正気づいた。

「……私、今まで何を」

自分が自殺をしかけていたことも覚えていない。憑《つ》き物が落ちたような顔だ。

不倫で悩んでいたのは確かだったが、思い詰めたのは、ここひと月のことだったという。

よくよく事情を聞いてみると、彼女は舞台『死の皇帝』のファンで、今公演ではすでに十七回も観劇していた。

「そういえば、最初にギルバートの舞台を観た時から何だか気持ちの浮き沈みがひどくなって……。観た直後は凄く多幸感というのか、悩みも全部どうでもいいような気分になるのに、夜になると反動みたいに、この世の終わりみたいな気持ちになって。舞台を観ないといられない気分になってしまい、中毒みたいに毎晩通ってました」

極端な多幸感と絶望感の間を、振り子のように揺れ続け、ついに糸が切れた、そんな感じだった。別居中の夫と離婚協議が進まないストレスもあったが、ギルバートの歌を聴けば、気持ちいいほど忘れられるので、毎日観なければいられない焦燥《しょうそう》感に駆られたという。昨日今日とひどく悪化して、情緒不安定のあまり、ろくに仕事も手につかなかった。

「挙げ句、自殺未遂か……」

「なんだか公演が始まってから、ずっと夢でも見てたみたいです。しかも被害妄想がひどくなってしまって、上司に長文メールを何度も送りつけたり……あたし何やってたんだろ」

どういうことだ？

この舞台を観てから、過剰に思いこむようになったというのか？

「前の公演の時も、こんな感じでしたか」

「いいえ。ここまでのめりこんだりは……」

彼女は『死の皇帝』を初演から観てきた古参のミュージカルファンで、再演されるたびに観に来たけれども、他のキャストの時はこんなふうになったことはないという。

「今回だけです。こんなに変なハマり方したのは。主演のギルバートがあまりにもよくて……」

安吾は「まさか」と呟《つぶや》いた。

ギルバート・ラッセン。あの男に何かあるのか？

あの男の歌声が、観客の妄執を過剰に掻《か》き立てているとでも？

安吾はすぐに立ち上がった。女性には「もうこの舞台は観に来ないように」と忠告して、階段へと引き返した。

火に油を注ぐように、この舞台は「妄執《マステマ》」を不自然に刺激する……。

いや、それが目的だったとしたら。

だとしたら！

†

閉場後の劇場は、いやにがらんとして、先程までの熱狂が嘘《うそ》のようだ。溢れんばかりだった満場の拍手も、今は幻《まぼろし》。二千近い客席から人影は失《う》せ、巨大な箱の中はがらんどうに戻っていた。

すでにスタッフも去った。客電も消えて、味気ない蛍光灯が舞台の一部を照らしているだけだ。

御母衣《みほろ》はギルバートに連れられて、がらんとしたステージにやってきた。

ふたりきりだ。

足許の檜板《ひのきいた》には無数の場《ば》ミリがほどこしてある。まるでそこが自分の立ち位置だというように、ギルバートは立ち止まると、御母衣《みほろ》を振り返った。

御母衣《みほろ》は相変わらずコウモリ傘を手にしている。青い瞳で、主演俳優を見つめ返した。

「奇天使《マステマ》回収に飽きて、スター気取りか？　ネルガル」

そう呼ばれたギルバートは冷たく微笑した。

「五十年ぶりですね。我が主の花嫁《ロードス・ブライド》。再会できて光栄ですよ」

「堕天使ネルガル」

と御母衣《みほろ》は低く名を呼んだ。

「ミュージカルを己の主催する魔宴《サバト》となすとは……。よく考えたものだな」

魔宴《サバト》とは、魔女や悪魔崇拝のために行われる儀式のことだ。だが、この場合は少し含みがある。

「堕天使が主催する魔宴《サバト》とは、つまり奇天使《マステマ》を育てるための儀式のこと。おまえの歌を聴衆に聴かせて妄執を刺激し、たくさんの奇天使《マステマ》を異常な速さで育てさせた。おまえたち堕天使の仕事は、人が育てた奇天使《マステマ》を、地獄にいる主のもとに連れていくことだからな」

「そう。人が生んだ妄執の奇天使《マステマ》を、神と闘う軍団の、兵士となすために」

歌うようにギルバートは言った。

「このようなところに何をしに来られたのですか。奇天使《マステマ》の匂いを嗅ぎつけて、狩りに来たわけですか」

「当然だろう」

御母衣《みほろ》はコウモリ傘をブンと振った。すると、糸のような稲妻が傘にからみつき、青白い炎を発して、それは剣のように変化した。

「こんな旨い匂いをプンプン漂わせて、僕が黙っていると思うのか」

「おっと。横取りはさせませんよ。これでもノルマがあるんです。奇天使《マステマ》を一体でも多く生んで、地獄に連れていくのが仕事です」

「僕の知ったことか」

「おやおや。食いしん坊ですね、我が主の花嫁《ロードス・ブライド》。我ら堕天使の義務をお忘れですか」

ギルバートことネルガルは、不穏な表情になった。

「私はあなたを見つけたら、主《あるじ》のもとに連れていかねばなりません。ご同行を」

「あいにくだが、地獄なんかにつきあう気は毛頭《もうとう》ない。とっとと帰って、おまえらの主人に伝えろ。花嫁は死んだ。妄執は捨てろ、と」

「そういうわけにはいかぬのですよ」

ネルガルは、舌なめずりをして好色そうに御母衣《みほろ》を見た。

「私も命が惜しいのでね。それに仕事の邪魔をされるのも困る。もう一度警告です。ご同行を」

「話のわからない奴だな。その気はない。ここから去れ、ネルガル」

御母衣《みほろ》はコウモリ傘をかまえた。

「五十年前のように、目玉ひとつからやり直したくなければ」

「そうですか。残念です」

ネルガルの立つところから風が起こり、突如、その背中に巨大な翼が出現した。黒い翼だ。堕天使の証《あかし》だ。

それを合図に、床からヌッと顔を出したのは、地獄犬の群れだった。五、六十頭はいる。

威嚇もそこそこに、御母衣《みほろ》めがけて襲いかかってきた。御母衣《みほろ》は鋭く攻撃をかわし、コウモリ傘の剣でそれらを突きまくった。

「よい剣捌《さば》きです。でもいつまで保《も》ちますかね」

ネルガルは不遜げに眺めている。御母衣《みほろ》は舌打ちし、

「この臆病者《おくびょうもの》め。何頭連れてくれば気が済むんだ」

次から次へと湧いて出る。きりがない。ついに追いつかなくなり、一頭が御母衣《みほろ》の腕に咬みついた。

「ちぃ……っ。アブディエル！」

呼ぶと、どこからともなく黒い狼犬が現れ、勢いよく飛びかかってきた。鋭い牙で、御母衣《みほろ》に咬みつく地獄犬に喰らいつく。ネルガルは目を見開き、

「ほう……。裏切り者アブディエル、まだ生きていたようだな！」

咆哮《ほうこう》をあげ、黒い狼犬がネルガルめがけて襲いかかる。が、喉笛に喰らいつこうと床を蹴《け》った瞬間、鋭い火花が散って、アブディエルは弾き飛ばされてしまった。

「無駄だ。この劇場の中で私に傷を負わせることはできない。ここは私の巣だから」

ネルガルが美声を響かせる。御母衣《みほろ》とアブディエルは、赤い犬どもを一掃して、ネルガルめがけて襲いかかった。ネルガルは反撃せず、地声より一オクターブ高い音をフルボリュームで発した。劇場の壁や天井がビリビリと震え、あまりの音圧に、御母衣《みほろ》たちも押されかけ、思わず足を

踏ん張った。すると、振動に呼応したように、ステージの床から、大きな蜘蛛《くも》が出現したではないか。

「ネルガルの使役魔……っ。さがれ、アブディエル！」

毛むくじゃらの蜘蛛が四方八方へと糸を吹き出した。避ける間もなく、御母衣《みほろ》とアブディエルの体を捉えた。

「く……あっ」

粘性のある糸が、首に、手足に絡みつき、御母衣《みほろ》は磔《はりつけ》にでもされたように、四肢を拘束されてしまう。糸は強靭《きょうじん》で、断つこともできず、身動きがとれない。必死にもがいた。アブディエルに至っては繭《まゆ》のようになってしまい、抵抗できない。

「よい姿です。苦悶する姿も、また、よい」

ネルガルが近づいてきた。右手の五指の爪が、鉤爪《かぎづめ》のように長く伸びている。御母衣《みほろ》の衣類に先端を引っかけると、物も言わずに布を引き裂いた。

あらわになった御母衣《みほろ》の胸には、鈎爪の痕《あと》がうっすら残った。

「ネル……ガル……っ。きさま」

「あいもかわらず、美しい……。美しい躰《からだ》だ」

言うと、ネルガルは左手を伸ばして、御母衣《みほろ》の乳首をきゅっとつまんだ。ビクリ、と身を震わせた御母衣《みほろ》を、ネルガルは至近距離から観察している。

「あなたの弱点でしたね。唯一の」

「よ……せ……っ」

「ここをつままれると体が動かせなくなる。こうすると、もっと……」

御母衣《みほろ》は顎をつきあげた。眉を歪《ゆが》ませる御母衣《みほろ》のつらそうな表情を眺めて、ネルガルは執拗《しつよう》に指先で乳首をいじくった。御母衣《みほろ》は顔を上気させ、息を乱し始めている。

「は……っはぁ……っやめろ」

「我が主が創り出しただけはある。たまらん。今すぐむさぼりつきたい」

ネルガルは恍惚《こうこつ》と目を細め、御母衣《みほろ》の首筋に長い舌を這わせた。熱を帯びた声で、

「取引をしましょう……。我が主の花嫁《ロード・ス・ブライド》。あなたがエキスを吸わせてくれるなら、今回は見逃してあげてもいい……」

「ふ……ざけるな……っ」

「我が主《あるじ》からは恐れ多くて、とても吸えぬ至上のエキス……。ああ、この芳醇《ほうじゅん》な香り、クラクラする」

ネルガルの手が御母衣《みほろ》の膝《ひざ》を大きく開かせた。鉤爪をウェストに引っかけると、一気に衣類を引き裂いた。御母衣《みほろ》が小さな悲鳴をあげたのは、股間を暴かれた上、ネルガルの手が臆面もなく、

彼のそれを握ったからだ。御母衣《みほろ》は羞恥《しゅうち》に震え、呪《のろ》うように、

「愚かな……咬まれて死にたいのか……っ」

「この蛇の扱いは心得ておりますよ」

と言い、雁首《かりくび》の根元を強く握りしめた。御母衣《みほろ》は思わず目を瞑《つぶ》った。ネルガルは、御母衣《みほろ》の股間にあるものを摑んだまま、その側面をゆっくりと舌で舐めあげた。

「こうやって蛇の顎を親指で押さえ、喉元を締め上げながら舐めるのです。こうすれば、咬みつくことができませんからねえ……」

囁くと、指で愛撫《あいぶ》していたそれの先っぽを口にふくんだ。御母衣《みほろ》がたまらず声をあげた。一度口にふくむとネルガルは大胆になり、執拗に乱暴にしゃぶりまくる。御母衣《みほろ》は胸を喘がせて、延々と続く甘美な刺激に耐えている。

「よせ……と言っ……ああっ」

口でなぶられるうちに、知らず知らず、腰が揺れ始めた。

御母衣《みほろ》は朦朧《もうろう》と天を仰《あお》ぎ、

「イ……く……っ」

身を震わせたと同時に、股間のものが勢いよく白いエキスを吐き出し、ネルガルの口に溢れた。

ごくり、と飲み干すと、うっとりとして、舌できれいに残滓《ざんし》を舐め取った。

「……ああ、すごい……すばらしい。これだ……力がみなぎってくるぞ……」

ネルガルの嘆声を耳に受けながら、御母衣《みほろ》は膝を左右に大きく割られた恰好で、恍惚の余韻に身を沈ませ、屈辱をこらえている。ネルガルは再び顔をよせ、

「こんなよいもの、もう止まらぬ。せいぜいあなたも楽しむとよい。ただし我が主《あるじ》には内密に」

「もうやめろ……っ、ネルガル」

そのときだ。客席の奥から「御母衣《みほろ》！」と鋭い怒鳴り声が響いた。一階扉から飛び込んできたのは、安吾だった。手には小型拳銃を構えている。

「な……っ、ギルバートか!? なんだその姿」

「来るな、安吾！」

「くそ……っ、御母衣《みほろ》から離れろ化け物！」

安吾が葬送弾をネルガルめがけて立て続けに撃ち込んだ。ネルガルは御母衣《みほろ》から離れると、大きな翼ではばたき、まるでワイヤーにでも吊られたように跳躍《ちょうやく》して、二階席に舞い降りた。

「ほう、異端狩りの猟犬か。しかし、無駄だ。人間ごときに我らは狩れん」

「まさか……おまえがアベルか！」

「アベルを捜しているのか。面白い。おまえが銃を向けるべき相手は、そこにいる異端だ。……残念ですね。続きはまた別の機会に」

言うと、一瞬のうちにあたりが白い霧に包まれた。安吾はネルガルがいたところめがけて弾を撃ち込んだが、手応えはなかった。ネルガルは消え、蜘蛛の巣も消えた。

「おい、大丈夫か！　御母衣《みほろ》……！」

「……おそい……ぞ……安……」

着衣をぼろぼろにされ、無惨に裸体を晒す御母衣《みほろ》を見て、安吾は「うっ」と声を詰まらせた。

「そのからだは一体……」

膝を開いてぐったりとしている御母衣《みほろ》の美しい裸体には、一カ所だけ、異形《いぎょう》がみられた。

彼の陰茎は、ゆっくりとうねり続ける。

それは蛇だった。比喩ではなく、確かに生きた白い蛇なのだ。

生きた蛇を陰茎に持つ男。

それが「御母衣拓磨《みほろたくま》」だったのだ。

†

御母衣《みほろ》の服はずたずたにされてしまったので、手近な舞台衣装を拝借して着せると、どうにか搬入口から外に出た。アブディエルも幸い無事で、糸から解放されると、すぐに主の後を追ってきた。

安吾に背負われて、マンションに戻ってきた御母衣《みほろ》は、そのままベッドに倒れ込むと、昏睡状態になってしまった。

暗い寝室で、安吾はベッドサイドに腰掛けたまま、神妙そうに御母衣《みほろ》を見つめている。

信じられない。

なんなんだ、こいつは。

陰茎が、生きた白蛇だと？　ありえない。やはり人間じゃないのか？　キメラ様《よう》の怪物？　こいつもサタンのしもべなのか？　それとも何かの呪い？

訊き出したいことはたくさんあったが、御母衣《みほろ》はこんこんと眠り続ける。憔悴《しょうすい》した青白い顔は、それでもやはり美しい。異形でありながら、しなやかな裸体はやけに艶《なま》めかしかった。ギルバートに何をされた？　あの体勢、股間をなぶられていたのか。あの甘い苦悶のような表情、感じていたのか？

昔、安吾がまだ十代だった頃、年上の修道士から密かに堕落的行為を迫られたことがあった。恐れをなしてその時はどうにか逃れきり、貞操を守ったが、あのなんとも甘ったるく淫蕩《いんとう》な肌と肌との触れ合いが、なぜか今、いやに鮮やかに安吾の肉体へと甦ってきて、ごくり、と喉を鳴らした。

苦悶とも愉悦《ゆえつ》ともとれる、御母衣《みほろ》のあの表情が目に焼き付いて離れない。

あの美しい顔が淫靡《いんび》に歪む様を、もう一度、見られないか。

もういちど。

「……いかん。今夜は鞭打《むち》ちだ」

肉欲に駆られたときは、己《おのれ》の体を鞭で打って、性衝動を消すのが、彼ら修道士の習慣だ。こんな気分で御母衣《みほろ》のそばにいるのは身の毒だと思い、部屋を出た。

電話がかかってきた。

本部からだった。気持ちを切り換えるには良いタイミングだった。安吾は一連の出来事を報告した。堕天使とみられる悪魔との遭遇によって、とうとう第一級の事件に昇格だ。

「今回の事件は、ミュージカル公演を隠れ蓑《みの》にした魔宴《サバト》であった可能性が高いようです。肝心の催主は取り逃がしましたが、次は必ず確保を」

御母衣《みほろ》のことも言いかけたが、言葉を呑みこんだ。蛇の陰茎のことはまだ言えなかった。

「また連絡します。聖なる騎士の魂に、主《しゅ》のご加護《かご》があらんことを。アーメン」

電話を切った。切ったそばからまた電話が鳴り始めた。言い漏《も》らしか、ともう一度通話ボタンを押した。すると、

『宇能安吾か』

低い男の声だった。本部ではない。聞き覚えがある。

「その声……。ギルバートか！」

『君に折り入って話したいことがある。そのマンションの屋上で待っている』

それだけ言うと、電話は切れた。……屋上だと？

ここに来ているのか。

安吾はすぐに白手袋をはめ、拳銃の弾倉に葬送弾を詰めるとホルスターに差し、霊視用眼鏡をかけると、アブディエルに「御母衣《みほろ》を頼む」と言い残し、急いで玄関を出た。非常階段を駆け上がって四十五階にある屋上へ出ると、普段は施錠されている扉の鍵が、開いている。緊急時のヘリポートにもなっている屋上だ。

その中央に立ち、夜風にコートの裾《すそ》を靡《なび》かせながら、夜景を眺めている男がいた。やはりギルバートだった。

「やあ。また会えたね」

「そっちからわざわざ来てくれるとはな。貴様、何者だ。話とは何だ」

「アベルを捜していると言っていたから、彼のことを少し君の耳に入れておいてあげたくなってね」

「！　……アベルを知っているのか。まさか居所も！」

ギルバートは微笑《ほほえ》んだ。後ろに撫でつけた髪が風に乱れた。

「アベルとは何者か。君たちには、どう伝わっているんだい」

安吾は用心深く身構えながら、答えた。

「アベルは……異端の言い伝えにある人物だ。サタンによって創られた、神以外の者による唯一の被造物で、サタンの心臓の半分を持っている、と」

「そのアベルが、なぜ生み出されたのか。それは知っているかな？」

安吾はますます警戒した。「……いや」

「アベルとは、愛が生んだ罪の名だ」

ギルバートことネルガルは、冷ややかな口調で語り始めた。

「君たちがサタンと呼ぶ我が主――闇の天使長は、神に叛逆《はんぎゃく》して地の底に落とされた。偉大なる我が主サタンは、神への闘争のため、我々堕天使を率いている。そんな我が主には、かつて心より愛する人間の女がいた。誰だかわかるかね」

「……だれって……」

「人間の、最初の女、イブだ」

風がひときわ強く、吹きすさんだ。

夜空には月が出ている。

息を呑む安吾を、観察しながら、ネルガルは先を語った。

「イブを愛した我が主サタンは、イブを自らの妻とするために、イブの息子カインの肉体に降臨し、イブと交わった。そうして生まれたのが、第二子のアベルだ。母子の禁断の交わりによって生まれた子供。それを知った夫のアダムは、嫉妬に駆られ、イブとアベルを殺害したのだ」

安吾は一瞬、絶句し、大声で笑い飛ばした。

「アダムが、イブを殺す？　はは！　与太話《よた》もたいがいにしろ。大体、人類最初の殺人はなあ」

「最初の殺人は、愛が生んだ。愛が怒りに変わり、アダムはりんごの枝でイブの心臓を突き刺し殺した。それを見た我が主サタンは、イブから流れた血と聖なる泥とを用いて、新たな人間を造ったのだ。それが、君が追っている『アベル』だ」

馬鹿か、と安吾は嘲笑《ちょうしょう》を浴びせた。

「――くだらん妄想並べやがって……誰がそんな馬鹿げた話信じるか！　そんなん口にした時点で、全人類の物笑いの……っ」

「だが、神ではない我が主には、生きた人間を創り出すことができなかった。ゆえに、自らの心臓の半分を被造物に与え、生かすことに成功した。我が主はその被造物を自らの花嫁となそうとしたが、これを怒った神により、被造物は聖なる雷《いかずち》を受けて、子をなせぬよう、男へと変えられたのだ」

まるで神の代弁者のように、美しい声で、ネルガルは語った。

「しかも神は、我が主の被造物を取り上げて、地上の存在となすために、死んだアベルの代わりとした。……そこから先は、君たちの大好きな聖書にあるとおり」

「ふざけるな！」

安吾がたまらず声を荒らげた。

「聞いてやるだけ時間の無駄だ。そんな下卑《げび》た異端の与太話、誰が信じるか！　母子相姦だと？　アダムが殺しただと？　ほどほどで口を閉じないと、我々に対する愚弄《ぐろう》とみなす。侮辱を見逃すほど俺たちは寛容じゃないぞ！」

「信じようが信じまいが、それがアベルなのだ。我が主サタンの唯一の被造物アベルは、我ら堕天使にとっては尊き存在。その上、堕天使の欲情をこの上なくかきたてるのでね」

ネルガルは舌なめずりした。

「手を焼いた神は、堕天使との性交ができぬよう、アベルのペニスを生きた蛇に変えてしまった」

安吾は息を吞んだ。

生きた……蛇だと……？

「アベル自身を護るための凶暴な蛇だ。おかげで彼を犯そうとした堕天使は、蛇に咬まれて何人も死んだ。堕天使だけでなく、人間も」

「ばかな……ばかな……っ」

「とは言いながら、アベルの精液は、我々には極上の蜜酒でね。我が主の心臓の半分を持つアベルが宿す精液は、いわば、我が主の精液に等しい。それを口にすれば、堕天使は自らの霊力の数倍の力を得られる。極上にして最強の強壮剤なのだ」

安吾は衝撃のあまり、ぶるぶると震えた。

「……つまり……御母衣《みほろ》が、アベルだと……」

「あの男は我が主の花嫁だ。地の底へ連れていかねばならん。ご理解いただけたかな」

「御母衣《みほろ》がアベルだというのか！」

安吾の叫びは、虚空の風にさらわれた。

ネルガルは不遜げに眺めている。

「そうだ。あの者が所持しているコウモリ傘。あれは自らの肋骨だ。神が【完全なる造形】を阻止するため、抜いた肋骨」

安吾は耳を疑った。

「ばかな……」

「アベルは奇天使《マステマ》を喰らって永久に生き続ける。つまり人間の妄執がなくならない限り、死なないのさ。……さあ。もうわかったろう。アベル様にはめた、あのくだらぬ指輪を外せ。あの方を我が主のもとへ連れていくのに、あんなキリストの血臭いものは邪魔だ」

答えるかわりに、安吾が銃口をネルガルに向けた。

「そんなことはさせない！」

「強気だな」

「アベルをサタンのもとに連れていくとはどういうことだ。一体なんのために」

「我が主の心臓を、完全となすために決まっている」

ネルガルは高らかに言った。

「我が主は、神に叛逆して地底に落とされた。だがあの方は今も神と闘い続けている。人間の妄執を糧《かて》にな。……我が主は、神に匹敵する力を持ちながら、心臓の半分をアベルに与えたがために、今までその偉大な霊力を駆使しきることができなかった。アベルの心臓さえ戻れば、あの方は完全体となる。神をも凌《しの》ぐ力を手に入れる」

「神をも凌ぐ……だと？　悪魔《サタン》の分際で」

「人間の妄執は、すでに奇天使《マステマ》として地底に蓄積された。今こそ神が創った世界を、我が主が創り替える時」

安吾は真っ青になった。

ごくり、と唾を呑んだ。

「も……妄想だ。そんなもの」

「どうした。いつものように異端の戯言《たわごと》と、鼻でせせら笑ってみたらどうだ。それとも、異端の戯《ざ》れ言が真実だったことが恐ろしいのか。見ろ。アベルは存在する。あの男が証拠だ。おまえらが唯一無二と崇《あが》める聖書の記述は、真実を隠蔽した偽書に過ぎん」

「ふざけるな！　この悪魔め！　おまえらの戯言など信じるものか。御母衣《みほろ》は俺と契約した男だ。誰が渡すか！」

「ははは！　詭弁《きべん》だな！　おまえらのその偽善に満ちた建て前が気にくわんのだ」

安吾は発砲した。だが葬送弾を体にくらっても、ネルガルは動じない。アベルの精液を吸って強化された体には、悪魔払いの弾も通用しないのだ。再びネルガルの背中から、大きな黒い翼が出現した。風をはらませた翼は、ネルガルを一際大きく見せて、安吾を圧倒した。

「くそ……っ」

「ひざまずけ、神の犬どもめ！　おまえの腐った魂は、この私がじきじきに煉獄《れんごく》へと連れていってやろう！」

言うや否や、ネルガルの足が形を変え、猛禽のような鋭い爪が生えた。執拗に発砲する安吾に、ネルガルは翼をはばたかせ、強風を巻き起こした。

「くう……っ」

吹き飛ばされかけて身をかがめた。風を捉えて揚力を得、跳躍したネルガルの足が、安吾の腕をがしりと摑んだ。猛禽が獲物を捕らえたかのようだ。安吾の足が浮いた。舞い上がったネルガルに体ごと持ち上げられてしまう。何度か発砲を試みたが、猛禽の爪が肉に食い込み、猛烈な痛みでついには銃を落としてしまう。

「くそ……！　きさま！」

ネルガルは冷笑した。

「堕《お》ちよ」

猛禽の爪が、安吾を離した。ふっと体が宙へ投げ出された。

地上四十五階の高さから、落下した。

安吾には何もできない。唐突にやってきた終幕に、安吾はすでに無力だった。ほんの何秒か後には、地面に叩《たた》きつけられて、おわる。おわる。おわる刹那《せつな》。

安吾の網膜の奥に異様な光が広がった。それは死の急激な接近を示す生理現象なのか。光源にあるのは、眼だ。ひとの眼。金色の、眼……？

光が広がり、広がり……。

そして……。

舗道に眼鏡が落ちて割れた。

粉々になったレンズの欠片《かけら》に、月が映っている。

†

何か物音が聞こえた気がして、御母衣《みほろ》が目を覚ました。

体が重い。部屋の様子で、自分が安吾のマンションに帰ってきていることに気づいた。

「……安吾……？　いないのか？」

ネルガルに精液を吸われたせいで、まだ体が重い。ひどい消耗だった。枕元にあった水を飲み干そうとしたが、手に力が入らず、ペットボトルを落としてしまう。

玄関のほうで物音がした。途端にアブディエルが激しく吠《ほ》え始めた。

「アブディエル……？　どうした？」

小さな悲鳴が短くあがり、静かになった。不審に思っていると、寝室の扉が開いて、外の明かりが細く漏れた。

人影がある。

安吾だった。

眼鏡をかけていない。髪も乱れ、シャツの胸がはだけている。何があったとも言わず、じっと御母衣《みほろ》を見つめている。

「……安吾。ネルガルはどこに……」

身を起こそうとして、不穏な気配を察知した。安吾の様子がおかしい。その体がまとう気に覚えがあり、御母衣《みほろ》は息を呑んだ。……安吾じゃない。

「おまえは……っ」

「ヨウヤク会エタナ……あべる……」

その口から漏れた言葉に、御母衣《みほろ》は耳を疑った。

顔が強ばった。

「その眼……っ」

安吾の瞳は、左眼だけが金色に輝いている。

「久シぶりだ……、アベル」

安吾の口から重々しく、何者かが語りかけてきた。それは安吾でありながら、安吾ではない。

御母衣《みほろ》は瞳を大きく見開き、身を強ばらせた。

「おまえは……ル……」

名を呼びかけそうになって、ハッと口を押さえた。安吾はとらえどころのない微笑を浮かべ、こちらに近づいてきた。

「来るな」

「何を怯《おび》えるのだ。アベル」

「なぜここにいる。安吾の肉体を乗っ取ったのか」

金色の左目を撓《たわ》め、安吾は言った。

「やっと私が降臨できる肉体を見つけたよ。アベル。ほう、安吾というのか。この者の肉体はとても具合がいい」

静かながら威厳を具えている。肉体は同じでありながら、同じ人物とは思えない。彼独特の飄々《ひょうひょう》とした空気は、消えている。安吾は表情豊かで、お堅い修道士とも思えない気安さがあったが、いま目の前にいる安吾には、底知れぬ暗い迫力があり、粛然《しゅくぜん》とした眼差しは、正面から見つめ返すのも憚《はばか》られるほどだ。

御母衣《みほろ》の呼吸が浅く速くなっていく。怯えを見せまいとして、眼に力をこめた。不遜を装い、笑みを浮かべようとしたが、唇はひきつった。

「闇の天使長ともあろう者が、何をしに地上にやってきた。おまえの住処《すみか》は地の底だろう」

「おまえがなかなか私の名を呼ぼうとせぬゆえ、迎えに来たのだ。アベル」

「おまえの名など、とうに忘れた」

強がりは見透かされている。安吾の肉体を乗っ取った男は、ベッドに腰掛けた。

「相変わらず強情な奴め。そんなに私のもとに来るのが怖いか」

「退け、悪魔《サタン》……！」

「それは我が名ではない。人間が神に敵対する者につけた称号に過ぎぬ」

金色の眼の男は、毛布を剝《は》ぐと、横たわる御母衣《みほろ》へと手を伸ばし、囲い込むように覆い被《かぶ》さった。

「我が名を決して呼ばぬよう、我が名を忘れようとしているようだが、無駄だ。アベル」

逃げられず、御母衣《みほろ》は体を強ばらせた。

「はなれろ……っ」

「何度でも思い出させてやる」

男は御母衣《みほろ》の耳元に注ぎ込むように囁いた。

「我が名は、ルキフェル」

御母衣《みほろ》はゾクッと身を震わせた。

「おまえを造った闇の天使長の名だ。何度でも思い出させてやる。我が名はルキフェル。おまえに心臓の半分を与えた者」

肉に染み込む深い声に、御母衣《みほろ》は官能を刺激されたように震え、その声を追い払おうとかぶりを振った。だが、金色の目の男は執拗だった。

「あくまで拒むのか。無理もない。おまえが我が名を口にする時こそ、我らがひとつに戻る時。半分ずつの心臓は完全になり、私は、神を」

「戯言だ！」

「アベル」

男が首筋に口づけた。御母衣《みほろ》は、金縛りにあったように指先まで突っ張らせた。

「早く我が名を呼べ。私のものになれ」

「いやだ……」

「では呼びたくなるように……、仕向けるまでだ」

と言い、男は御母衣《みほろ》の唇に、唇を重ねた。

体に電流が走ったかのように、御母衣《みほろ》は硬直した。ひんやりとした口づけだった。金色の目の男は、唇をわずかに離すと、優雅な暗い微笑みを浮かべて、御母衣《みほろ》を見下ろした。

「おまえに口づけるのは、七十年ぶりだな。アベル」

「……く……」

「おまえの口づけは人には苦悶でしかない。私には甘美そのものだ。おまえの唇は、甘いよ」

囁きながら、人差し指の先は、小さな粘土玉を転がすように、御母衣《みほろ》の乳首をこねまわしている。くぼみに爪をたてると、御母衣《みほろ》は喉をあおのけ、熱い吐息を漏らした。

「……おまえの……せいで、御神村の人々は死んだんだ……」

「あれは生贄《いけにえ》だ。おまえの望みを叶えるための」

「ちが……ウッ」

唇を再び吸われた。執拗に乳首をいじられ、甘美な刺激にとろけたかのように、御母衣《みほろ》の唇も次第に弛《ゆる》んでいく。気がつけば、濃厚な口づけを受け入れている。柔らかい音をたてながら、唇を吸い合い、舌先で触れ合い、深くからませていく。

その躰を愛撫していた男の手が、御母衣《みほろ》の下肢に伸びた。なめらかな太腿を丹念に撫《な》で、やがて内腿へと厚い手を挟みこみ、股間へと撫で上げていく。

その手に抗議をするように、御母衣《みほろ》の股間の生き物が強く咬みついた。男は一瞬、顔を歪めたが、やがて痛みを快楽とでも感じたように、淫蕩な微笑を浮かべた。

「こしゃくな蛇め」

血の流れた手で蛇の首を不意に握った。びくり、と御母衣《みほろ》の腰が揺れた。分厚い手が、股間の蛇を手なずけるように柔らかく愛撫を施した。

「……神もこいつの飼い慣らし方は知らなかったとみえる」

「……せ……っ。毒が……まわるぞ……っ」

「おまえの毒は堕天使どもには効いても、私には効かぬ。こんな可愛い毒で、私を殺せると思ったのか」

「！　……やめろ！」

闇の天使長の手が、御母衣《みほろ》の腿を開かせた。膝を折り畳ませ、秘処に長い中指を差し込んでくる。ゆっくりと念入りに出し入れをしてほぐしにかかる。御母衣《みほろ》はたまらず男の胸を押しのけようとした。

「やめろ……やめっ」

「私とひとつになることが、おまえの快楽であるはずだ。アベル。感じろ。おまえの心臓は私とひとつになりたがっている」

「ちがう……っ」

青い目を潤ませて、御母衣《みほろ》は抵抗した。

「おまえを殺すことが、僕の使命だ。永久に、おまえのものになど……ならない！」

「そうか。ならば思い知らせてやろう」

ほぐされた秘門に、安吾の怒張した男根が押し当てられ、一息に挿《さ》し込まれた。肉を押し分け、押し込まれる感覚に、御母衣《みほろ》は躰を大きく反らせ、悲鳴をあげた。

肉茎は根元まで埋没していく。

闇の天使長は深く吐息を漏らした。

「ああ、感じる……。おまえの肉のしまりを——熱を感じるぞ、アベル……」

「ぬ……けっ。安吾の肉体が穢《けが》れる……っ」

「それがどうした。おまえのここは悦《よろこ》んで迎え入れているではないか」

闇の天使長はおもむろに腰を使い始めた。躰を貫かれる快感に、目が眩《くら》んだ。抑えようとしても喘ぎ声が口から漏れる。股間の蛇が悦びにのたうち、惑乱する御母衣《みほろ》に、男は口づける。つながりあう躰がこのまま溶けそうになる。得も言われぬ快感に追い立てられ、御母衣《みほろ》は無意識に口づけに応えた。

「さあ、私の名を呼べ……。一言、私の名を」

熱い吐息を間近に受けながら、御母衣《みほろ》は無我夢中でかぶりを振り続ける。肩にしがみつく手が、男のシャツを乱暴に剝ぎ、なろうものならその名を叫び散らしたいのを、必死に奥歯を嚙みしめて堪えている。

「強がるな」

促すように再び口づける。唇と唇が押し潰され、唾液が糸を引き、舌と舌が求め合う生き物のように絡み合った。

「強がれば強がるほど、苦しいだけだぞ」

「……ウ……く……あっ」

肉と肉のせめぎあいに快感が加速する。御母衣《みほろ》は耐えようとして、安吾の肩に強く爪を立てた。だが衝動の扉は開いていく。体の底に封印してきた情欲が目覚める。それは禁断の欲望だった。そして虜《とりこ》にする。縄にまかれる。渦巻きながら、漏斗《ろうと》の中に流れ落ちる。ひとつになるという喜悦に。

求め合うという喜悦に。

「……ん……」

わずかに意識にこびりついた理性が、御母衣《みほろ》の瞼《まぶた》を薄く開かせた。見つめ返してくる金色の左目は、闇の天使長の目だ。だが右の目までは変わっていない。安吾がまだ完全には肉体を奪われていない証拠だと悟った。

「……んご……目をさませ、安吾……っ」

乱れる息の下、呼びかけはもうほとんど悲鳴だった。その声をかき消すように、天使長の腰が激しく運動する。御母衣《みほろ》は汗で濡れた黒髪を振り乱す。快感が猛烈な上昇曲線を描き、エクスタシィのエキスが器から溢れそうになる。

「目を……覚ましてくれ……、安吾」

無駄だ、と男は喘ぐ胸に甘く囁いた。

「この者の肉体はもう死んでいる」

「な……っ」

「つい先程、墜落死した。私が入っているから、かろうじて生きていられるのだ。私が去ればこの者も死ぬ」

驚愕《きょうがく》し、疑問を口にする前に、唇で塞がれた。

「私以外の名など、呼ぶな」

闇の天使長は、悦ぶ肉体に駆り立てられるまま、思う存分、御母衣《みほろ》を責めたてる。こうなってはもう抗《あらが》えなかった。一縷《いちる》の望みに杭打たれ、理性が陥落した。もう抑える理由がない。理由がないことを免罪符に、押し寄せる快感に身を明け渡した。熱い背中にすがりつき、悲鳴のかわりに唇を吸い続ける。

「あ……ア……」

猛《たけ》る蛇茎をこすりあげ、熱狂するような肉の激しい出し入れは、猥《みだ》らな粘音をともなって、みるみるふたりを絶頂へと追い込んでいく。闇の天使長が甘い呻《うめ》きを漏らす。御母衣《みほろ》は表面張力の限界で、禁断の名を叫び散らしたくなる衝動を、ぎりぎりで堪えた。

だがもう無理だ。

堰《せき》を切る。

もう止められない。

身も心も。

「……えが……ほしい……」

御母衣《みほろ》はうわごとのように訴えた。

「もっと……もっ……！」

禁断の名を叫びそうになり、神よ、と御母衣《みほろ》は念じた。神よ。神よ。繋ぎ留めてくれ。

身も心も真情に呑まれる。呑まれてしまう。

ダメだ……！

「――あく……ま……に」

祈りを振り絞り、救いを求めるように。

「悪魔に……身を明け渡すな！　安吾！」

強い閃光《せんこう》がふたりの視界いっぱいに爆発的に広がった。それが絶頂だった。

同時にのぼりつめて、爆《は》ぜた。

熱い射精の衝撃を躰の中で受け止めて、御母衣《みほろ》もまた強烈な吐精感に浸った。天の門が開いたとでもいうような、昇天の恍惚に身をまかせた。

――……い……して……る……。

「……き……ふぇ……」

真っ白になって浮遊した意識が、現実感を取り戻すまで、だいぶ時を要した。

気がつくと、御母衣《みほろ》の胸の上に安吾がぐったりと倒れ込んでいる。

彼の気配が消えている。

長く尾を引く絶頂の名残《なごり》に浸りながら、御母衣《みほろ》は重い腕をあげ、安吾の肩を揺すぶった。

「……おい……。しっかりしろ。安吾」

小さな呻《うめ》きを漏らして、安吾が目覚めた。開いた眼は、元の褐色《かっしょく》に戻っている。

「御母衣《みほろ》……？」

安堵《あんど》して、御母衣《みほろ》は深い溜息をついた。

「戻ったのか。よかった」

「俺はいったい……。うお！」

あられもない体勢に気づいて、安吾は動揺した。軀の下にいる御母衣《みほろ》の着衣は乱れ、上気した肌はしっとりと湿っている。自らも服ははだけ、性器が下着からこぼれている。それは明らかに情事があった名残だ。軀に残っているのは、射精後の独特の倦怠感《けんたいかん》。安吾は青ざめた。

「俺は何をしてた？　おまえに何かしたのか」

何かも何も、粘液の飛散したシーツと汗ばむ自らの軀と彼の有様から、推《お》して知るべしだ。

「うそだろう。俺は……なんてことを……」

「気にするな。こんなのはなんでもない」

「なんでもなくはないだろう！　怪我はしてないか。おまえは大丈夫なのか。こんな馬鹿な…ッ。俺は……修道士だぞ！　しかもおまえは、同性……」

頭を抱えてしまった。なんでこんなことになったのか。その間のことを全く覚えていないのだ。

「どこから記憶にある？」

「覚えているのは、……そう。あいつだ。ギルバートから呼び出しの電話があって、屋上に。それでアベルの話を聞いて」

ぴくり、と御母衣《みほろ》が目つきを鋭くした。

「アベルの話をしたのか」

「ああ。おまえがアベルだと……」

「………」

「おまえのことをアベルだと。そして聖書に対する恐ろしい侮辱を」

安吾は怯えたように御母衣《みほろ》を見た。

「おまえがアベルである証拠は、その陰茎だ。神がアベルの身を堕天使の情欲から守るため、陰茎を蛇に変えた、と。……本当なのか？　おまえが伝説のアベルなのか？」

御母衣《みほろ》は苦しそうに押し黙った。

問いつめる安吾を、突き放すように、

「異端の戯れ言だ。信じるな」

「御母衣《みほろ》……」

「それでネルガルはどうした？　おまえを殺そうとしたのか？」

「ああ。葬送弾を撃ち込んだが、奴には効かなかった。そこうするうちに奴に捕まり……空中から……」

安吾は我に返った。空中から落とされたはずだ。真っ逆様《さかさま》に墜落した。なのに、なぜこんなところにいる。あの記憶はなんだったのか。夢でも見ていたのか？

御母衣《みほろ》は険しい顔つきになった。本人はまさか自分が墜落死していようとは思わない。歪めた眉間《みけん》にネルガルへの怒りを漂わせ、重い体をひきずるようにして、ようやく起きあがった。

「堕天使を仕留める。奴を地上にのさばらせておくわけにはいかない」

服は破れたので代わりの服を借りた。インバネスコートもところどころ破れていたが、今はそれで過ごすしかない。

「アブディエル……っ」

部屋を出ると、アベルの警護犬は、黒いコールタールのようになって床に溜《た》まっている。闇の天使長の一撃で溶けて、形を保っていられなくなったらしい。

「……。元に戻るまで少し時間がかかりそうだな。まあ、いい。おまえは休んでいろ」

「俺も行く。御母衣《みほろ》」

安吾も装備をし直して、後についてきた。

「教団の意地にかけても、あいつを仕留める」

御母衣《みほろ》は複雑そうな顔をしたが、これは報復でもある。「いいだろう」とコウモリ傘を摑んだ。

「行こう。安吾」

†

その日、ミュージカル『死の皇帝』は、東京公演の千秋楽を迎えた。カーテンコールは大喝采に包まれ、主演のギルバートは大きな花束を抱え、観客に手を振っている。

楽屋は大賑わいだった。メイクを落としていたギルバートが顔を上げると、鏡に、つい今しがたまではいなかった男たちの姿があった。

「千秋楽、お疲れ様。ネルガル」

ぎくり、としてネルガルは勢いよく振り返った。背後の壁際に立っていたのは、御母衣《みほろ》と安吾ではないか。

「……宇能安吾だと？　貴様は死んだはず！」

目を剝く安吾を、御母衣《みほろ》は手で制した。

「余計なことをしてくれたな。ネルガル。おとなしく奇天使《マステマ》回収だけしていればよいものを」

コウモリ傘の先端を、喉元につきつけた。

「おまえが客の中で育てた奇天使《マステマ》は、全て喰わせてもらった。オンステージは終わりだ。地上から去れネルガル」

「またしても邪魔だてを……」

どん、という衝撃と共に何かが炸裂した。

部屋に一瞬のうちに白い霧が立ちこめた。堕天使が発する魔霧《まむ》だ。肉体を瞬時に蒸発させ、白い蝶《ちょう》の群れに変化させて、また別の場所に復元する。霧はダクトへと吸いこまれていく。

「追うぞ、安吾！」

ふたりは走り出した。行き交うキャストやスタッフをかきわけ、廊下を走った。小さな白い蝶の群れはダクトから外に出ていく。ふたりは劇場の外に出た。

白い霧は無数の蝶となって、夜の街へと飛んでいく。やがて人気の失せたオフィス街の裏通りに入り込んだ。蝶の群れは一カ所に集まり、急速に人体の形に復元していく。

御母衣《みほろ》がコウモリ傘を振りかざし、ネルガルめがけて襲いかかった。が、突き刺す前に蝶に戻って飛散してしまう。白い蝶の群れは今度は鋭い槍のようになり、背後から御母衣《みほろ》に襲いかかった。御母衣《みほろ》はまともにくらって転がった。

「御母衣《みほろ》！」

肩を直撃された衝撃で、コウモリ傘を落としてしまう。体勢を立て直しきれないところに再び蝶の群れが襲いかかる。

「こなくそ！」

安吾がすかさず左手を思い切り引いた。指輪で繋がる御母衣《みほろ》の体も見えない糸で大きく引っ張られ、からくも攻撃をかわした。

安吾が葬送弾を打ち込むが、蜂のように動きが鋭く、仕留めることができない。御母衣《みほろ》が素早くインバネスコートを脱ぐと、蝶の群れめがけて投げた。一網打尽《いちもうだじん》だ。対魔仕様のコートは群れをくるみこみ、そのまま路上に落ちた。

コートの下から、むくむくと何かが盛り上がってくる。

ネルガルの肉体が復元した。

裸体の男は、背に大きな翼を生やしている。

「許さぬぞ、アベル……」

「身動きできまい。ネルガル」

ネルガルの軀には、御母衣《みほろ》のコートがゴムのように絡まっている。捕縛《ほばく》されたネルガルは、悔しそうに睨み返してきた。

御母衣《みほろ》はコウモリ傘を振り上げた。

「地下へ去れ。さあ！」

ネルガルが力を振り絞って、抵抗した。

コートをちぎり、肉体が膨れ上がる。屈強な裸体に獣毛が生え、顔もまた獣と化し、角が生えた。

咆哮をあげて、御母衣《みほろ》たちに攻撃をしかけてくる。大きく飛び退《の》いて、御母衣《みほろ》は舌打ちした。

アベルの精液による強壮効果が、まだ残っている。

「撃て！　安吾！」

間髪容《かんはつい》れず、安吾が葬送弾を撃ち込んだ。ネルガルは胸にくらって苦悶したが、弱体化には至らない。どころか、大きな手で安吾を打ち払った。

「ぐあ！」

「安吾……！」

飛ばされて壁に激突してしまう。安吾はどうにか身を起こしたが、次の瞬間、血を吐いた。

折れた胸骨が肺に刺さっていた。胸が明らかに陥没し、変形している。気管からどんどん血が溢れてくる。

なんだ？　と安吾は目を瞠《みは》った。

だが苦しくない。胸が熱い。灼熱《しゃくねつ》の熔鉄《ようてつ》が、胸の中にあるようだ。みるみる力がみなぎってくる。なんだ、なにが起きているんだ。

悲鳴があがった。振り返ると、御母衣《みほろ》がネルガルに捕まっていた。首を摑まれている。激しくもがくが、獣化したネルガルの手は容易に引き剝がせない。

このまま地底に連れていくつもりだ。

「首をちぢめろ、御母衣《みほろ》！」

「！　……安吾!?」

安吾が地を蹴り、ネルガルの側頭部めがけて、回し蹴りを決めた。倒れ込んだ弾みで、御母衣《みほろ》が解放された。ネルガルが起き上がるところをめがけ、安吾が正面から殴《なぐ》りつけた。拳は顔にめりこみ、ネルガルは勢いよく吹っ飛び、路上に落ちると、二十メートル近く滑った。

これには御母衣《みほろ》も目を瞠った。超人的な格闘術だった。安吾の拳の縁が、金色に輝いている。

痛恨の一撃だった。まともにくらったネルガルは、起き上がれない。御母衣《みほろ》が近づいてきた。手にしたコウモリ傘は、雷糸をまとって、びりびりと唸りをあげている。

《おのれ……たかが人間一匹に……なにが起きた……》

「自業自得だ。ネルガル」

御母衣《みほろ》が握る「剣と化した傘」を見て、ネルガルは恐怖に後ずさった。

《【アベルの肋骨《アベルズ・リブ》】……。やめろ！》

「五十年後にでも、またやってこい。ネルガル」

言うと、御母衣《みほろ》は《アベルの肋骨《アベルズ・リブ》》でネルガルの心臓を勢いよく突き刺した。

じゅ、と黒い蒸気を発し、ネルガルの肉体は崩れ、やがて目玉のみを残して、消えてなくなった。目玉には小さな翼が生えている。それも地面へと染み込んで、あるべきところ――地底へと戻っていった。

夜のオフィス街に静寂が戻った。

人気のない通りには、まるで何事もなかったかのように、表通りの車の音だけが聞こえた。

「大丈夫か。安吾」

安吾は呆然としている。自分に驚いている。

獣化した堕天使を、拳ひとつで倒すとは。

「いったい、俺はどうなっちまったんだ……？」

御母衣《みほろ》は、コートを拾い上げた。コウモリ傘に戻った自らの肋骨を手に取り、ぼんやりと言った。

「あんたが今見たい景色は、どこだ?」

安吾は不思議そうな顔をした。

「あんたが好きな景色を見に行こう。安吾」

†

安吾が御母衣《みほろ》を連れていったのは、東京湾を望む埠頭《ふとう》だった。海は闇に沈み、七色の光に彩られた巨大な橋の向こうに、遊園地のような島が見える。観覧車や球形構造物を備えた建物、高層マンション……。どこか非日常的な一角が、安吾のお気に入りだった。

「ガキの頃、未来を想像して描いた絵ってやつが、この眺めにそっくりだったんだ」

車を停めて、桟橋《さんばし》に立ち、御母衣《みほろ》と一緒に夜中の埋め立て地を眺めた。海の風が冷たい。コンクリートの岸壁に波が打ちつける音だけがしていた。

「なあ、御母衣《みほろ》。訊いていいか」

「なんだ」

「あの夜……その、俺は無理矢理おまえを……」

強姦したのでは、と安吾は恐れていた。記憶がないので経緯もわからない。すると、御母衣《みほろ》は複雑そうに、

「いや。合意だよ」

「そ、そうか……」

性交を禁じた修道士の戒律《かいりつ》に背いたばかりか、同性愛行為だ。それだけで充分破門なのに、強姦だったら目も当てられない。その一方で、合意との一言に、わけもなく胸が高鳴った。御母衣《みほろ》が俺を受け入れたというのか。俺との情交を。

「でもどういう流れで、おまえは俺を……」

「あんたに話しておかなきゃならない」

黒髪を風になびかせて、御母衣《みほろ》が振り返った。

「あの夜、僕と寝たのは、あんたじゃない」

「え？　でもあのとき」

「………。あんた、ネルガルに呼び出されて空中から落とされたんだろう」

「あれは……。変な夢でも見てたんだろ」

「夢？　ネルガルはさっき、おまえを見て驚いた。墜落して死んだはずだと。おまえの夢だったなら、なぜ奴がそんなことを言う？　僕にアベルかと訊《たず》ねたのはなぜだ。アベルのペニスは蛇だ

と、奴から聞いたからだろう」

安吾には何が何だか分からない。御母衣《みほろ》はもどかしそうにしていたが、意を決して告げた。

「あんたの肉体は死んだ」

安吾は目を剝いた。

「いま、なんて？」

「あんたは一度死んだんだ。ネルガルにマンションの屋上から落とされて、墜落死した」

「ちょ、ばかいうなよ。このとおり生きてるよ」

「生きてるのは、奴に乗っ取られたからだ」

御母衣《みほろ》は真剣な表情だった。

「闇の天使長……あんたたちがサタンと呼んでる堕天使の王が、あんたの肉体に降臨した。だから生きてられる」

安吾にはしばらく理解できなかった。

堕天使の王だと？　俺の体に降臨しただと？

そのとき不意に思い出した。墜落して地上に激突するまでの数秒、あの時見た金色の光。いや金色の眼。

神に叛逆した堕天使の王——サタンは金色の瞳を持つという。まさか、あれが……。

「証拠はある。あんたのうなじに痣《あざ》が残ってる。奴が降臨した体には６６６――獣の数字が穿《うが》たれる。この目で確認した」

すでに安吾の肉体は、サタンこと闇の天使長に所有されている。

「そんな馬鹿な。俺は死んでるっていうのか」

「……それが証拠にあんた自身の心臓は動いてない。今はかりそめの命だ。残念だが、その悪魔が肉体を手放した時が、あんたの死ぬときだ。あんたはもう死んでいる。奴と繋がっているから生きてられるだけで」

安吾は絶句した。

目の前が真っ暗になった。

「奴は、一度降臨した肉体には何度でも降臨する。いつまた奴の意識と入れ変わるか分からない。僕は、奴の降臨体を見過ごすことはできない。息の根を止めねば」

御母衣《みほろ》がコウモリ傘を安吾に突きつけた。

「死んでくれ。安吾」

「……」

放心していた安吾の口許が、ふいに弛んだ。あまりに実感がなさすぎて、他人事《ひとごと》のようだ。力が入らず、いやにあっけらかんとした奇妙な気分だった。

「そうか……。それなら……仕方ない…よな」

「安吾……」

「じゃあ……最後にもうひとつだけ訊かせてくれ」

「なんだ」

「おまえが『合意』したのは、もしかして俺だからじゃなく、相手がサタンだったからか?」

御母衣《みほろ》は後ろめたげに目を伏せた。憂《うれ》いを帯びた表情を見て、安吾は真顔で問いかけた。

「……愛しているのか」

「馬鹿な」

御母衣《みほろ》は苦笑いした。

「僕の使命は奴の息の根を止めることだ。奴を討って、僕は自由になる。そして父を……妻殺しの罪のため、地の底に落とされた父を、救い出すこと」

「父というのは、アダムのことか」

御母衣《みほろ》は黙った。そして、

「……堕天使の言うことなど信じるな。安吾」

安吾は何も言わない。彼が口にしない事情を呑み込んで、やけに澄んだ眼差しになり、

「やれよ。御母衣《みほろ》。俺は天国の門を護る騎士だ。神の敵《かたき》に肉体を貸してまで、生きていたいとは

思わない。さあ、ひと思いに突け。そいつで」

「安吾」

「傘で突かれて死ぬのは、ちょっと格好悪いけどな」

安吾は潔《いさぎよ》く左胸をさらした。御母衣《みほろ》の手の中で剣と化した《アベルズ・リブ》が青白い火を発して、白熱化した。

御母衣《みほろ》は先端を突きつけたまま、動かない。

ひと突きすれば、簡単に事は終わるはずだった。

しかし眉間に苦渋の色が漂う。

どうしても、そのひと突きが、できない。

「………」

力が抜けたように、剣先をおろした。

御母衣《みほろ》には、できなかった。

「どうした」

「………。もういい」

「やらないのか。俺を」

ああ、と御母衣《みほろ》は《アベルズ・リブ》を元のコウモリ傘に戻した。

「あんたを見てると、なんだか妙に……古い知人を思い出す」

「知人……？」

「昔、兄と呼んだ男だ。それ以上は、言えない」

御母衣《みほろ》家の兄のことか？　と安吾は思った。

「それに、あんたがさっきネルガルを素手で仕留められたのは、奴の力だ。奴の力を利用してやる手もある。ただし、奴の所有物になった以上、あんたから目を離すことはできない。あんたを見張るのは、僕の仕事だ」

「おまえにその使命を与えたのは、神か」

「……」

「おまえを造った主を殺せ。と命じたのは」

御母衣《みほろ》は背を向けて、停泊している貨物船の明かりを見つめている。

切なそうな表情だった。

遙か遠い故郷を想うような。

とうにあきらめた安息の地を懐かしむような。

「使命じゃない。宿命だ。僕の」

夜風にぼろぼろのインバネスコートの裾が煽られた。

「安心しろ。僕が交《まじ》わったのは、あんたじゃない。あんたの魂は清いままだし、同性愛的行為もしてない。あんたに罪はない」

その言葉が思いもかけない痛みになって、安吾の胸を衝《つ》いた。罪はない、との一言に、不意に突き放されたような気がして、疎外感すら覚えた。

それはやはり、受け入れたということか。神の叛逆者との情交を。

求めたのか。殺すべき敵を。

それを宿命とする相手を。

「あの時、あんたは僕の呼びかけに応じた。あの閃光は、あんたの良心が発した【神の火花《ディヴァイン・スパーク》】だ。魂が穢れていない証拠だ。だが、あんたの肉体に奴が降臨したと教団に知られたら」

「……ただじゃ済まないだろうな」

追放どころか、自分こそが異端審問の標的だ。

魔女狩り同様、磔にされて、火刑だ。

安吾は捨て鉢気味に自嘲した。……まさかこの自分が「異端」として追われる日が来ようとは。

一度目の死は免《まぬか》れたが、恐らく次はそうはいかない。同僚たちは、悪魔狩りのエキスパートだ。ばれたら最後。闇の天使長サタンを肉体に降臨させた「悪魔」を、生かしておくはずがない。

「僕を飼え。安吾」

御母衣《みほろ》が申し出た。

「あんたを守ってやる」

安吾は固まってしまった。まさか御母衣《みほろ》のほうから手を差し伸べてくるとは。

「奇天使《マステマ》喰いの悪魔と契約したことにしとけばいい。教団の悪魔狩りを追い払うくらいは、僕にもできる」

「こりゃあ……手の掛かりそうな番犬だな」

安吾はこそばゆくなり、照れ隠しのように言った。すると、御母衣《みほろ》はようやく微笑み、

「僕は奇天使《マステマ》を喰える。一石二鳥だ」

「なるほど。悪くない」

安吾は御母衣《みほろ》の左手を取った。その薬指にはロンギヌスのリングが光る。

「なら、もう一度、契約し直しだな」

安吾は恭《うやうや》しく御母衣《みほろ》の左手を持ち上げると、指輪にそっと口づけた。

「エンゲージだ」

御母衣《みほろ》はうなずいた。安吾も微笑み返した。

自分がもう「生きてはいない」という事実を、どうやって受け入れるべきか。まだ答えは見つからない。だが、御母衣《みほろ》がここにいるならば、自分の修道騎士としての役目も、まだ終わりでは

ない気がした。

彼が真実「アベル」ならば。

それは聖書の教えを覆《くつがえ》す、最も危険な「異端」だからだ。

存在すべからざる者――「アベル」。

だが、今は――。


「寒くなってきたな。うどんでも食って帰るか」

上着の襟《えり》を引き寄せて、安吾が言った。御母衣《みほろ》は苦笑いした。

「ファミレスのうどんは、勘弁してくれよ」

「立ち食いそばだ。乗れよ」

言うと、車の鍵をひらひらと振った。

「傘のお忘れ物は、なさいませんよう」

御母衣《みほろ》はコウモリ傘を手に、安吾と肩を並べて歩き出した。

巨大な橋の下を貨物船がゆっくりとくぐっていく。尾翼灯を点滅させた航空機が、夜の空港におりていく。

月が輝いている。

アベル ～罪の爪痕～

宇能《うのう》パジェス安吾《あんご》にとって十二月は一年のうちで最も多忙な季節だ。

まがりなりにも司祭を務める身だ。クリスマスは教会にとって最も重要な行事のひとつだが、そういう信教的な意味よりも安吾の場合、物理的に多忙を極める。

「おい、御母衣《みほろ》。今日発送分の物販は梱包できたのか！　そろそろ集配の人が来る時間だぞ！」

安吾の住居兼事務所がある都心のタワーマンションの一室は、徹夜の梱包作業で散らかり放題になっている。段ボールには十字架やパワーストーンが詰め込まれ、注文票と首っ引きになりながら、発送準備に追われている。

御母衣拓磨《みほろたくま》は、ロザリオを梱包材で包みながら、恨めしそうに安吾を睨《にら》んだ。

「まったく。これじゃまるでただのバイトじゃないか」

「働かざるもの食うべからずだ。ただでこの家に置いてやってるんだから、その分、きりきり働け」

「置いてくれ、だなんて、こちらから頼んだ覚えはない。結果的にここにいる羽目になっただけだ。これのせいで」

と御母衣《みほろ》は左手薬指にはめた指輪を嫌そうに見た。槍の紋章をかたどった銀細工が施されている、少し大ぶりの指輪だ。同じものが安吾の薬指にもはまっている。

「俺が主人でおまえはしもべ。言い換えれば、俺が雇用主でおまえは従業員。契約は交わしただろ」

「交わしたが、こんな内職までは入ってない」

「俺を守ってくれるんじゃないのか」

「守るとは言ったが、こういう意味じゃない」

「仕方ないさ。おまえみたいな異端中の異端を、『門衛騎士修道会《ハダニエル・ナイツ》』の会員である俺が、殺さずにおいておく、その口実のためにも、おまえをしもべにしておかないといけないんだ」

「僕は悪魔なんかじゃない」

「似たようなもんだ。サタンの心臓の半分を持ってるんだろ。悪魔中の悪魔じゃないか」

御母衣《みほろ》は言葉に詰まって、恨めしそうに安吾を睨んだ。

「……ひとつ勘違いしてるようだから訂正するが、安吾。おまえたちがサタンと呼んでるものは悪魔とは違う。奴は天使だ。堕落した、闇天使だ」

「同じだよ。神に抗《あらが》う者はみんな悪魔って論理なんだから」

「だったら、僕も悪魔じゃない。僕は神に従う者だ。おまえたちがサタンと呼んでいる男の息の根を止めるのが、僕に下された使命だ。悪魔呼ばわりは侮辱だぞ」

「面倒くせえな。どっちでもいいよ。それより発送票の貼り方が雑だぞ。おまえ顔はとびきりキレイなくせに手のほうはめちゃめちゃ不器用だろ」

御母衣《みほろ》は居心地が悪そうにしながら、十字架のピアスを梱包した。

「何が魔除《まよ》けの十字架だ。こんなの、ただの霊感商法じゃないか」

「あのな。このご時世、お布施《ふせ》だけじゃやってけないんだぞ。それに現代人の心の拠《よ》り所《どころ》を授《さず》けるのが、我々修道士の仕事でもある」

「何が拠り所だ。そもそもロザリオは魔除けじゃない」

「いいんだって。うちはカトリックでもプロテスタントでもないんだから。俺たちはなあ……」

「〝異端信徒を力ずくで排除することを目的として結成された武装修道士集団。異端による悪魔信仰を糾弾《きゅうだん》し、魔女狩り・悪魔狩りを使命とする〟……だろ。耳にたこができるほど聞いた」

「そ。だから悪魔除《よ》けを信徒に頒布するのは理にかなってる」

「だんだん自分が情けなくなってきた……」

御母衣《みほろ》はうなだれながら、発送票をクッション封筒に貼り付けた。ふと目線をやると、膝元《ひざもと》で黒い大きな犬が丸くなって、うとうとと眠っている。

「アブディエル……、おまえも少しは手伝えよ」

御母衣《みほろ》の声に大きな耳がぴくりと反応した。片眼だけ開けて、こっちを見たが、やがて大きなあくびをして、また寝てしまった。御母衣《みほろ》は溜息《ためいき》をつき、

「勘弁してくれ……」

うなだれながら発送作業にいそしむ。

宇能パジェス安吾は、門衛騎士修道会《ハダニエル・ナイツ》の極東アジア教区日本支部担当だ。日本での布教が仕事だが、教会は持たず、もっぱらWeb中心に活動している。今はミサもインターネットで生放送できる時代だ。いわば、ネットの中に教会がある。

多少見てくれがよいおかげで、ネットの世界でも「イケメンweb司祭」と評判になり、これでいてなかなかの数の視聴者を抱えているのだ。

Wi-Fiがあれば、どこでもミサを執り行える。信徒とのやりとりは、もっぱらSNSだ。ネット通販でお布施を集め、それが運営資金になる。

とはいえ、それはあくまで表の仕事なわけだが……。

安吾は、梱包材と悪戦苦闘している御母衣《みほろ》を眺めた。

完璧なバランスを保つ端整な顔立ちは、中性的で、性別はおろか人種も特定が難しい。国ごとに様々な人々の顔を重ね合わせ、「平均顔」を割り出した画像、というものを、安吾は以前見たことがあるけれど、それでいえば、御母衣《みほろ》は全人類にとっての平均顔なのではないか、と思えてくる。平均と言っても凡庸という意味ではない。「平均顔」は総じて美形になるという。バランスがとれるためだろう。

美貌《びぼう》とはつまり、左右対称、黄金比と相場が決まっている。目の前にいる御母衣《みほろ》のような造形が、まさにそれだ。

神はよくぞこれだけのものを生み出した、と褒め称《たた》えたいところだが——。

彼を生み出したのは「神」ではない。

その敵《かたき》たる「サタン」だ。


御母衣《みほろ》拓磨——。

こいつが本当に、あの伝説の「アベル」なのだろうか、と。

安吾は思う。目の前でせっせと生活感のある内職なんぞをしているから余計にだ。

このギャップはなんだ。

サタン、こと、闇の天使長ルキフェルの手による被造物。神の敵にまわった堕天使《フォーリン》の生み出したもの。神をも凌《しの》ぐ「完全なる美」を具《そな》えた被造物。

そもそも、その姿が中性的なのは元々は女として作られたためだったという。サタンが愛した女——人類最初の女「イブ」から流れた血と聖なる泥とで造られた。サタンは自ら被造物を花嫁とするつもりだったが、その傲慢《ごうまん》さが神の怒りに触れ、アベルは「男」の肉体に作り替えられた。

サタンのしもべ——ネルガルは、そう言っていた。

異端の作り話だ。受け入れることはできない。だが本当に存在するならば、存在そのものを異端として抹殺しなければならない。

だが、その御母衣《みほろ》は、神の命により、ルキフェルを討つことが目的だという。

こうなると、もう何が真実で何が異端かわからなくなってくる。

確かなのは、目の前に御母衣《みほろ》拓磨は生きて、存在しているということだ。

そして、一度は死んだ、この自分も……。

「終わったぞ」

御母衣《みほろ》が最後の封筒にガムテープで封をして立ちあがった。

「出かけてくる」

「こんな時間にどこにいく」

「腹が減った」

御母衣《みほろ》は愛用の黒いインバネスコートを纏《まと》った。

「狩りをしてくる」

すると、先ほどまで眠っていたアブディエルがむくりと起き上がって、その後についていく。

繁華街にでも行くつもりだろう。夜の歓楽街は御母衣《みほろ》の狩り場だ。そこには妄執が溢《あふ》れている。

「ほどほどにな」

安吾の声には答えず、コートの裾《すそ》を翻して、手には愛用のコウモリ傘を握り、御母衣《みほろ》は出ていく。夜景を見下ろす高層階の窓から安吾は見送った。御母衣《みほろ》の姿は夜の闇に溶けていく。

†

狩場には今夜も妄執を抱えた人間たちが行き来する。雑踏の中を歩きながら、御母衣《みほろ》は今夜の標的を定める。

あの女がいい。恋人に二股をかけられてひどいストーカー行為をしているようだ。もうだいぶ「奇天使《マステマ》」は育っている。

御母衣《みほろ》のいう「狩り」とは「奇天使狩り《マステマ》」のことだ。

「奇天使《マステマ》」とは、人間の妄執の化身であり、御母衣《みほろ》はそれを食べて生きている。種は人間なら誰でも体内に持っているが、それを孵化《ふか》させるのは、当人の執着や妄念だ。御母衣《みほろ》はそれを食す。普通に人間の食事も摂れるが、それは嗜好品のようなものでしかなく、彼は「奇天使《マステマ》」を食べなければ、そもそも生き続けていけない。

つまり、人間の妄執が、糧《かて》なのだ。

「あなた、誰?　何の用?」

御母衣《みほろ》から呼び止められた人間は、たいてい、その美貌に息を呑《の》む。この世のものとも思えぬ整った顔立ちに見とれるか、気圧《けお》されるか。そのどちらかだ。

「すまないな。こちらも空腹で疲れているものだから」

余裕がある時は、食らう「奇天使《マステマ》」の解説ぐらいはしてやるのが礼儀だと、御母衣《みほろ》は思っているが、今夜は食事に時間をかけたくない。わけがわからないでいるその女を、だしぬけに抱き寄せて口づける。美貌の男に唇を奪われた女は驚き、時に胸を高鳴らせる者もいるが、その口づけに甘美なものは何もない。

「あが……が……が」

女の顔が苦悶《くもん》に歪《ゆが》む。その背中には御母衣《みほろ》の指が深々と食い込んでいる。女の喉元《のどもと》がごぼっとふくれ、何かが口へと這《は》いあがってくる。

「ぐは！」

女の口から出てきたのは、不気味な生き物だ。一見赤ん坊を思わせる三頭身だが、顔は醜く、しわくちゃでグロテスクこの上ない。

これが「奇天使《マステマ》」だ。

人間の妄執が生んだ異形《いぎょう》の生き物だった。

御母衣《みほろ》は尖《とが》った犬歯でその生き物を咥《くわ》え、女から勢いよく引きはがした。女の口から飛び出した奇天使《マステマ》を、御母衣《みほろ》が手でつまむと、びちびちと魚のように暴れまくる。

「少し固いな」

熟し切ってはいない。まあいい。今夜は空腹だから贅沢《ぜいたく》を言ってもいられない。御母衣《みほろ》はその生き物に食らいついた。果汁めいた赤茶けた体液が溢れて滴《したた》る。袖《そで》が汚れるのも意に介さず、柔らかい肉を噛《か》みちぎり、骨まで噛み砕き、うまそうに食らう。

女は尻餅《しりもち》をついて恐怖に目を見開いている。まさかその生き物は自分の妄執が生んだものだとは思いもしない。

「なんなの……それ……、なんなの……」

御母衣《みほろ》は熟れた果実でも食らうように「奇天使《マステマ》」を尻尾まで完食すると、赤い舌で唇をぺろりと拭《ぬぐ》い、女に向き直った。

「……ごちそうさま」

「いやあああ！　……悪魔！　悪魔がいる！　誰か、助けて！」

女は髪を振り乱して逃げ去っていく。ちらつくネオンの下に佇《たたず》む御母衣《みほろ》は、手の甲で口を拭った。

「助けてやったのは、こっちなんだがな」

奇天使《マステマ》は放っておけば、本体である宿主の腹を破って生まれ出て、その魂を喰らう。喰われた当人は虚無魂《レアゼーレ》となってしまい、以降、何も感じず何もできなくなってしまう。

御母衣《みほろ》は汚れた袖口を見て、「やってしまった」という顔をした。

「……また安吾にどやされるな」

――もっと上品に喰え。服を汚すな。

とはいっても、これが御母衣《みほろ》の流儀だから仕方がない。変えるつもりもなかった。

御母衣《みほろ》は左手の指輪を恨めしそうに見た。

「人間とパートナー契約なんて結ぶもんじゃないな」

足下には黒い大きな狼犬が従っている。御母衣《みほろ》はひざまずき、頭を撫《な》でた。

「今夜は出番がなかったな。アブディエル」

熟し切った「奇天使《マステマ》」はその芳醇な臭気で地獄犬《ヘルハウンド》を呼び集める。地獄犬《ヘルハウンド》たちも奇天使《マステマ》が大好物だ。ハイエナのようなもので、御母衣《みほろ》が狙う奇天使《マステマ》にはたいがい地獄犬《ヘルハウンド》が目をつけているから、追い払わねばならない。そのためのアブディエルだ。

アブディエルはしきりに御母衣《みほろ》のコートの裾を噛んで引っ張る。

「……なんだ？　『あいつの家に帰るのは、やめろ』？」

アブディエルが嫌がるのも無理はない。

なぜなら、安吾はもうただの人間ではない。

一度死んだ。死んでいるはずの肉体だ。「生きる屍《かばね》」――〝屍生体《ししょうたい》〟だった。

だが「あの男」と繋がっているから、かろうじて生きているように見えるだけだ。幸い、安吾の精神と魂にまでは、影響は及んでおらず、安吾自身、「あの男」が降りていた時の記憶はない。

「あの男」は安吾の肉体が気に入ったようだった。よい降臨先だとみなしたから、今も繋《つな》がりを解かない。その証拠に安吾のうなじには悪魔の数字「６６６」が刻まれている。

おそらく、また降臨するだろう。安吾の肉体に。

アブディエルはそれを心配しているのだ。

懸念は理解できる。だが契約の指輪をはめている以上、安吾との繋がりは断てない。

「あの男」のことも見すごせない。

「厄介なことになったな……」

御母衣《みほろ》はきれいな眉《まゆ》を歪めて、ネオンの溢れる夜の街を見やった。妄執の気配はそこここから漂っている。

都会の狩場は、今夜も、人いきれにかすんで見える。

†

「よし、今夜のブログ更新完了」

風呂上がりの半裸にバスタオルを引っかけた姿で、パソコンに向かっていた安吾がキーボードのenterキーを押してソファにひっくり返った。

時計を見ると、もう二時だ。

バスルームから御母衣《みほろ》が出てきた。濡《ぬ》れた黒髪をバスタオルで拭《ふ》きながら、

「トリートメントがもうなくなるぞ。買い置きは？」

「洗面所の棚にストックがあるから、容器に入れ替えといてくれ」

一仕事終えてビールを飲み干す。至福のひとときだ。くつろぎつつもSNSのチェックも欠かさない。クリスマスが近いのでTL《タイムライン》も賑《にぎ》わっている。

御母衣《みほろ》がソファーに腰掛けると、アブディエルもやってくる。尖った耳をピンと立てて御母衣《みほろ》と安吾の間に伏せる。御母衣《みほろ》をがっちりガードしているつもりなのだろう。ここに至ってまだ安吾を警戒している。なつく気配もない。

「……こんなに人畜無害な男はないってのに」

と安吾は呆《あき》れるが、アブディエルからすれば「とんでもない」だ。

「おまえが奴に乗っ取られないよう、見張ってるつもりなんだよ。……ほら。アブディエル」

と言い、御母衣《みほろ》が黒い犬の鼻先に、裂いたチーズを近づけると、ぱくり、と食べた。好物なのだ。

安吾は自嘲《じちょう》気味《ぎみ》にスマホ画面に目線を落とした。

「ゾンビで悪かったな。こっちだって好きでサタンに生かされてるわけじゃ……ん？」

視線がスマホに表示されたとある画像に釘付《くぎづ》けになった。安吾は今見ている画像と御母衣《みほろ》を交互に見てから「んん？」とますますスマホに顔を近づける。

「どうした？」

「いや、ツイッターに流れてきた画像なんだが……」

安吾はスマホを御母衣《みほろ》に向け、

「見ろよ。これ」

と画像を突きつけた。古いモノクロ写真だ。そこには愁いを帯びた美貌の若者が写っている。日本の学生服を着ている。投稿者は「美しすぎる戦時中の日本男児」との一文を画像に添えている。

紅顔の美少年を地で行く美貌だ。日本人にしては鼻筋がすっと通っていて、古い写真の粗い粒子でも長いまつげが際立っているとわかる。優美な眉に、どこか愁いを含んだ黒い瞳が、ぞっとするような色気を漂わせていた。そこへきて詰《つ》め襟《えり》が禁欲的な印象を与えて、見る者を惹《ひ》きつける。画像は三枚あり、一枚は斜め向きの顔アップ、二枚目はどこかの庭らしきところで犬と和む全身写真、最後の一枚は出征写真とおぼしき正面顔だ。

「おまえじゃないか?」

と安吾が言った。

「この写真、おまえにそっくりだ」

御母衣《みほろ》は険しい顔になった。

リツイート数は三万を超えている。凄《すご》い反響だ。

「おまえなわけないか。戦時中だもんな……。七十年以上前……」

と言いかけて、安吾は御母衣《みほろ》が歳《とし》をとらないことを思い出した。

「やっぱり、おまえなのか?」

「ああ」

と御母衣《みほろ》は醒めた顔つきで言った。

「これは僕だ。まちがいない。七十年前の」

「戦時中ってことは……もしや」

安吾は身を乗り出した。

「まさか、御神村《おがみ》にいたころの写真か」

「……」

安吾が御母衣《みほろ》の存在を知ったのは、尾神村で起きた未解決事件の調査がきっかけだった。

七十年前の話だ。たった一晩のうちに集落の住民三十五名が変死を遂げた。当時は太平洋戦争中で、民心の動揺を危惧した軍部によって事件のことは一切隠蔽《いんぺい》されて報道もされなかった。

事件は十軒ほどの小さな集落で起きた。たったひとりを除き、全ての住民が死体となって見つかった。

生き残ったたったひとりというのが「御母衣《みほろ》拓磨」だったのだ。

「そう。御神村にいた頃の写真だ。これは」

「しかし、なぜ今頃。しかもSNSで流れてくるなんて。おまえの身内はみんな死んだんだろう？」

「……ああ。だが事件が起きた時、出征中だった親類がいた。写真がその親類宅に残っていた可能性も」

「そいつが流出したっていうのか」

誰かが見つけてSNSに載せた。おかげでこの騒ぎということらしい。

「でも、おまえの顔を見た者は、五分もすれば忘れるんじゃなかったのか？」

御母衣《みほろ》はこれだけの美貌の持ち主だが、人の注意を惹かないようにできているという。惹いても五分後には忘れてしまう。人の好奇心を妨害《ジャミング》できてしまうというのだ。

「ただ、それは生身の僕を見た時の話だ。写真に残ったものまでは」

「それでこのリツイート数ってわけか」

大反響もやむなしだ。

「そうは言っても、僕の顔を覚えていられる人間は、何人もいない。僕の顔は特徴がなさすぎて記憶に残りにくい」

「特徴がないって、おまえ」

「実際そうなんだ。よく整っているという印象は残るかもしれないが、個性がない」

なるほど、と安吾は思った。確かに人が美形と感じる容貌は大体バランスも似通ってしまうから特徴がなくなる。若い美形のアイドル歌手がみんな同じに見えてしまうのも、そういう理由だ。整いすぎたものは類型的に見られやすく、他との違いを明確にするものが個性だというならば、それが極めて見いだしにくくなる。

五分もすれば忘れる、というのは、ある意味正しいかもしれない。

「しかし、御母衣《みほろ》の本家に残っていた写真は、家も全焼したから残っていないはず」

写真嫌いだったので撮った写真も数えるほどしかない。モノクロなので青い瞳はさほど目立たないが。

「そのうちの一枚は、ここにあるぞ」

と安吾が取りだしたのは、軍服姿の写真だ。資料写真として「門衛騎士修道会《ハダニエル・ナイツ》」に保管されていたものだ。

「ひょっとして、ここに載っているのと同じ写真じゃないか？」

よく見れば、三枚目の写真は安吾が持っているものと同じ。出征前の記念写真とおぼしきものだ。

「ああ、そうだな。けど、そもそも、この資料写真をおまえたちはどうやって手に入れたんだ？」

「さあ。すでに本部にあったからな……。何代か前の極東担当者が調査をした際に手に入れたとしか」

御母衣《みほろ》は残りの二枚をじっと凝視《ぎょうし》して、考え込んでいる。安吾が横から、

「気になるようなら、探りを入れてみるか」

「どうやって？」

「なに。手始めに」

と言い、ツイッターの呟《つぶや》きに軽くリプライを入れてみる。

〝びっくりするほど美男子ですね。写真の方はご親類かなにかですか？〟

しかし深夜であるためか、返事が戻ってくる気配はない。

「となれば」

安吾はスマホを手慣れた様子で操作してどこかにメールを送りつけた。

「何をした?」

「本部にこのアカウントについて照会した。優秀な調査員が明日にはなにか答えをくれるはずだ」

「調査員って……おい、あんたのとこの修道会はハッカーも飼ってるのか」

「当然だろ。いいか。修道会ってやつはな、どこも、世界中に修道士を派遣して情報を網羅してる。あの有名なイエズス会なんかは超一流の諜報機関並なんだぜ。ハッカーぐらい養成してるだろ」

「あんたらと一緒にされたら向こうも迷惑だと思うがな」

黙れ、と安吾が歯を剝《む》くと、アブディエルが低く唸《うな》って威嚇《いかく》してきた。

「……まあ、でも確かに気になるな。少し調べてみるか」


翌日、本部からさっそく返答が来た。

アカウントの持ち主は、旧御神村の隣、渡中《となか》村在住の高校生だった。名は大橋裕《おおはしゆたか》。御母衣《みほろ》は(当然ながら)心当たりがないというが、やはり親類筋なのだろうか。

SNSでは大騒ぎだ。戦時中の美形男子としておおいに取り上げられ、人気ワードにまでランクインして、どんどん拡散されていく。

さすがに少し過熱気味で、いくら御母衣《みほろ》の存在が「好奇心を妨害」できて「記憶に残りにくい」とはいえ、これでは注目を浴びすぎだ。彼が「アベル」なる第一級の異端であることは、教会にとってもトップシークレットであり、彼の存在自体を世間に知られては困る事情がある。まして例の御神村の事件についても、深掘りされてはまずい。

これ以上拡散されて、マスコミにまで取り上げられた日には、さすがに面倒なことになる。かといって理由もなく「削除してくれ」とも言えない。

それに、このアカウントの持ち主は、例の事件についてもなにか知っているのではあるまいか。

そもそもツイッターに流した真意が見えない。

——放置できない。調査せよ。

と本部から指令も来た。

かくして、安吾は「任務」として御母衣《みほろ》とともに「大橋裕」なる者を訪ねていくことになった。

†

御神村は、日本の屋根と呼ばれる山岳地帯のふもとにある。

正確には「あった」。

今はすでに存在しない村だ。昭和三十年代のダム建設によって、今はダムの底に沈んでいる。地図上から消えてから、半世紀。

その地域は、今は渡中村と呼ばれている。山深く、主な産業は林業と農業で、多少ダム湖の景観目当てに観光客が来る他は、これといって見所もない。

だが、豊かな自然が残るその村は、屋根の大きな古い日本家屋がよく残っていて、日本の原風景を思わせる。

安吾の運転する４ＷＤで、現場を訪れたのは、よく晴れた寒い日のことだった。

「立派なダムだなあ」

ダム湖のそばにある見晴台から景観を眺めて、安吾は興奮気味に言った。

平日だというのにそこそこ観光客がいるのは、放水時間を待っているためだ。放水でできる虹とダムの景観が、観光ポスターになるほど評判を集めていて、ダム好きのマニアにはちょっとした聖地になっている。

御母衣《みほろ》はアブディエルとともに、その景色を眺めた。よく晴れているというのに、手にはまたあの黒いコウモリ傘がある。

紺碧《こんぺき》の水を湛《たた》えたダム湖は、静まりかえっている。湖面に映る対岸の山林がおとぎばなしに出てくる深い森を思わせて、神秘的だ。

「おまえがいた御神村は、このダムの底ってわけか」

「……」

御母衣《みほろ》は当時のことを思い出しているのか、寡黙だ。

憂《うれ》いを帯びた青い瞳は、いつになく陰鬱《いんうつ》そうに見えた。

「……これはまるで水葬だな」

一集落の住民が一夜にして全滅した。報道されることもなく、その事実を知る者も今はほとんど残ってはいないはずだ。

「例の事件が起きてから、人も近づかなくなったというから、ダム建設にはちょうどよかったんだろうな。用地買収にも金がかからず、それどころか、忌《い》まわしい村は早く水の底にでも沈んで、消えて欲しかったんだろう」

ダム建設計画といえば、反対運動がつきものだが、御神ダムに限っていえば、ことのほかスムーズだったという。ちょうど高度経済成長期の電力不足を補うために、水力発電の施設がひとつでも多く必要とされていたような時代だ。

「……こんなふうになってしまったんだな」

御母衣《みほろ》は事件以来、訪れたのは、初めてだという。

不老不死の御母衣《みほろ》にとって、七十年前が、遠い昔なのかつい最近なのかは、安吾にもわからない。

あの事件に、おまえは関与しているのか？

もしや、集落の人々を死に至らしめたのは――。

「……………」

口にしかけては飲み込んでしまう。安吾は事件の顚末《てんまつ》を御母衣《みほろ》から聞き出すことができずにいる。出会いたての頃よりも、御母衣《みほろ》という男の心性が、幾分わかってきたということもある。御《み》母衣《ほろ》が頑《かたく》なに隠す真情を、不遠慮には荒らしたくないとの思いもある。

「昼飯でも食おう。ここのドライブイン、ダムカレーが名物らしいぞ」

塞《ふさ》ぎ込みがちな御母衣《みほろ》を誘って、建物の中に入った。


食堂はほどほどの混み具合だった。

相変わらず、安吾と御母衣《みほろ》の一風変わったふたり連れは人目を惹いたが、騒がれることはない。

「人の好奇心を妨害《ジャミング》できる」御母衣《みほろ》の力のたまものだ。

とはいえ、いつもよりは少し目線を多く感じる。念のため、と御母衣《みほろ》にはサングラスをかけさせた。

「あれのせいか」

食堂のテレビで流れているバラエティ番組だ。

SNSで話題になっていることを取り上げるコーナーだった。御母衣《みほろ》の写真がテレビの画面に大写しになっていた。

御母衣《みほろ》を見て「似ている」と思うのか、ちらちら、と食堂の従業員がこちらを見ている気配は感じたが、さすがに遠巻きにするばかりで、わざわざ確かめに来る者はいない。

「おい、こんなに話題になっちまったら、さすがにヤバイんじゃないのか」

「問題ない。大騒ぎしても、みんな、きっと二、三日でそんな話題があったことすら、忘れる」

御母衣《みほろ》は泰然としたものだ。察するに、今までにも何度か、似たような経験があるのだろう。

「はい。ダムカレーの方」

従業員の年配女性が、注文したカレーを持ってやってきた。

「ありがとう。おおっ。ほんとうだ。ご飯がダムになってる」

「決壊しないようにきれいに食べるのがコツだからね」

と年配女性は言った。去りかけたところを安吾が呼び止めた。

「このダムの歴史について調べているんだけど、詳しい人っているかな」

「観光なら総合案内所で聞くといいですよ」

「旧御神村のことなんですが」

その一言を口にした途端、あからさまに女性の顔がこわばった。

そして——。

「……ああ、そういうのだったら、ごめんなさいね。悪いことは言わないから、あんまり首をつっこまないほうがいいよ」

よそよそしく言って、そそくさと去ってしまう。

妙な反応だ。

言われた通り、総合案内所でも聞いてみたが、似たような反応だった。それどころか、

「御神村のことをどのような理由でお調べですか」

と意図を探るように、逆に質問されてしまう。先ほどまで愛想良く応対していたのが嘘《うそ》のように、露骨に警戒されている。

「いや。趣味で、各地のダムめぐりをしてるんです。ブログにも載っけてるんで、御神ダムに沈んだ村の歴史を調べて載せようかと」

「ああ、それでしたら」

とパンフレットを数枚渡された。素っ気ない対応だ。

むろん事件のことなどは、どこにも一言も書いていない。いかにも行政的な説明があるだけだ。これ以上深くは立ち入るな、と言わんばかりだった。

「どうやらこのあたりでは、触れちゃいけない話題みたいだな……」

「……」

御母衣《みほろ》も険しい表情を崩さない。

そんなふたりに、声をかけてきた者がいた。

「あんたたちも御神村のこと調べてるのかい？」

振り返ると、そこにいたのは、大学生とおぼしき若い男だ。いかにも渓流釣りが似合いそうなアウトドア風の出《い》で立ちで、一見爽《さわ》やかな風貌だ。

「あんたたちもってことは、君もかい？」

「ああ。大学サークルで怪奇ミステリー同好会をやってる。あんたたちも御神村の、例の怪奇事件を調べてるんだろ？」

安吾は御母衣《みほろ》と顔を見合わせた。

「怪奇……事件？」

「戦時中に起きた集落全員怪死事件のことだよ。報道管制で闇から闇に葬られたっていう」

あの事件のことを知っている。安吾は警戒しながら、

「君はなんでそれを知ったんだ？」

「この業界じゃ、ちょっと有名な事件だよ。最初に聞いたのはサークルの先輩からだった。事件

に触れる者は変死を遂げるっていう、いわくつきの」

「変死？」

「有名な話だ。怪奇ミステリー好きのブロガーが、そいつについて書いた直後、死んだっていう都市伝説もある。実際、更新が止まってる」

と若者はスマホを見せてきた。

「御神村の事件に触れたものは祟《たた》りで死ぬ。その都市伝説が本当かどうか、試してみようかと思って」

「怖いもの知らずだな。祟りが怖くないのか」

「俺が死んだら祟りは本当ってことになるじゃないか。俺はただ知りたいだけだよ。真実ってやつを」

不遜《ふそん》な若者だ。

確かにそういうオカルト系の界隈で、御神村の怪死事件は様々な尾鰭《おひれ》がついて伝説化していることは、安吾も知っていた。真偽のほどは定かでないが、この手の若者たちの関心を惹くことも。

「……ああ、この村では聞き込みをしても駄目だよ。例の事件は、この土地の人たちにとってはタブーなんだ。あんなふうに素っ気なく追い返されるのが関の山さ」

「君は何をしに来たんだ？」

「墓を探してる」

墓？　と安吾が問いかけた。

「誰の？」

「例の事件で死んだ三十五人の墓だよ」

若者は地図を見せながら、言った。

「このダム湖の近くの山中にあるっていう……。ちょっとした怪奇スポットになってるらしくてさ、でも場所がよくわからない。そいつを探してるところだよ」

「悪趣味だな。それこそ祟りにでも遭うんじゃないのか」

「そうなったら、そいつを記事にするだけさ」

若者はスマホケースに差してあった名刺を安吾に差し出した。

「事件が起きたのは昭和十九年の十二月二十四日。昭和東南海地震の約二週間後のことだ。世情の混乱の中で闇に葬られた大量怪死……。もうすぐ命日だもんな。墓の場所、もし見つかったら、俺にも教えて欲しい。頼むよ」

名刺には「小塚昇太《こづかしょうた》」と名前が載っている。ＳＮＳのアカウントもあった。

安吾は胸ポケットにしまった。

「俺は安吾だ。宇能安吾」

「安吾さんか。国道沿いには日帰り温泉もあるし、いいところだから、まあ、ゆっくりしていくといいよ」

口ぶりからすると、何度か通ってきているらしい。わざわざ割引券までくれた。

「ところで、そこにいるあんたは、お連れさん？」

と、めざとく御母衣《みほろ》に声をかけてくる。これには、安吾もどきりとした。

小塚はことさら顔を覗《のぞ》き込むようにして、

「どっかで見たような気がすんだけど……」

御母衣《みほろ》はうるさそうにそっぽを向いてしまう。すぐに安吾が割って入った。

「悪いな、こいつ人見知りが激しくて……。まあ、こっちでも墓のこと、なにかわかったら連絡するよ」

それだけ言うと、御母衣《みほろ》を連れてそそくさと車に戻った。

「ひやひやもんだな。……ったく。あの手の連中は遠慮を知らないからな」

「墓があったのか……」

御母衣《みほろ》は知らなかった。安吾も、墓があったとしても御神村とともにダムに沈んだものとばかり思っていた。

「……。何があったんだ。おまえ」

と安吾が問いかける。もちろん、七十年前の事件のことだ。

「おまえだけ生き残って、御母衣《みほろ》家は全滅。一体、何が起きたんだ？　死因もわからないと聞いたが」

「……」

「しかも、生き残りはおまえだけ。まさか、おまえ」

「僕が殺したと？」

どきり、として安吾は姿勢を正した。

「いや……。疑ってるわけじゃない。でも状況を見る限り、生き残ったおまえが何か知ってそうだからな。おまえ、あの夜、現場にいたのか」

御母衣《みほろ》は答えない。暗い表情で黙り込んでしまう。

「やっぱり何か知ってるんだな？　いったい何が起きた」

「それはあんたたちのほうが、よく知ってるんじゃないか」

「調べたが、何もわからなかった。わかったのは、地獄犬《ヘルハウンド》が大量発生したことだ。たくさん地獄《ヘルハウ》犬《ンド》の出るところには、近くに上級の堕天使が……サタンのしもべがいる。堕天使のしわざなのか？」

「……。よく覚えていない」

御母衣《みほろ》はあくまで黙秘を通す。

安吾は溜息をついた。

御母衣《みほろ》が目撃された場所には、過去にも、似たような集団怪死事件が起きている。ヨルダンの集団自決事件、ダラスの群衆焼死事件……。どちらも、科学的には説明できない死に方で、多くの人間が命を奪われていた。

——本当に、おまえがやったんじゃないのか？

心の中で問いかけて、御母衣《みほろ》の横顔を見る。

御母衣《みほろ》は窓の外を見つめたきりだ。

安吾は追及を諦めて、車を出した。

†

ふたりが次に訪れたのは、例の写真をＳＮＳに載せた人物の家だった。

渡中村の村役場がある中心地区にある。

国道沿いには学校もあり、商店が並んでいる。大橋裕なるその人物は県立高校に通う男子高校生だった。

「え……あ、はい。確かに、それ載せたのは俺ですけど」

裕の家は、酒屋をしている。店の奥から出てきた裕は、ニキビ面《づら》で木訥《ぼくとつ》とした風貌だった。サンダルをつっかけて出てきた裕は、ふたりを不審そうに眺め回している。

確かにあれから本人もびっくりするほどたくさん拡散されて、あちらこちらから写真の使用許可を求められたが、家まで押しかけてくるような輩《やから》は他にはいなかったとみえる。匿名のSNSで、どうやって名前や住所まで割り出したのか、と怖い思いをさせてしまったようだ。

「突然すまない。俺たちはその写真の人物を探している者でね」

「探してるって……。なんのために？」

答えに窮した安吾は、御母衣《みほろ》を引っ張ってきて、サングラスを無理矢理とった。裕はあっと息を呑んだ。

「あの写真の……！　や、そんなはずないよな。七十年前だし」

「そっくりだろ。ひ孫なんだ」

と安吾は口からでまかせを言った。

「こいつ、ひいじいちゃんの消息を知りたくて、色々と手を尽くして探していたところなんだ。住所はすまん、部活の書き込みから割り出してたどり着いた」

「ああ、県大会のやつかあ。写真も載っけちゃったしなあ」

「君は彼の写真をどこで手に入れたんだい？」

「手に入れたっていうか……、いとこが」

「いとこ？」

「母方のいとこに頼まれて、載っけたんです」

「あの写真をSNSに載せろって言われたのか？」

「はい。そいつはアカウント持っていないからって。おもしろ半分だったと思うんだけど、俺は言う通りにしただけ」

ここまで反響があるとは、彼も思っていなかったという。確かに、高校生の日常を綴《つづ》った他の呟きとはノリがだいぶかけ離れていたので、違和感はあった。安吾は御母衣《みほろ》と目配せをした。

「そのいとこっていうのは、誰だい？」

「あー……。それは」

「よかったら、そのいとこに連絡をとってもらえないかな。直接聞いてみたいんだけど」

「まあ、それはかまわないんだけど……ちょっと祭りの準備で忙しいと思うよ」

「祭り？　学園祭でもあるのかい」

「いや、そうじゃなく」

裕はちょっと周りを見回して、声を潜めた。

「あいつ、このへんじゃ、ちょっと有名な神童なんだ」

安吾と御母衣《みほろ》は、きょとんとした。

「神童?」

「ちょっと変わった奴なんだけど、借りてた本も返したかったから、ちょうどいいや。一緒に来るかい?」

天才児でもいるのだろうか。裕に誘われて、安吾たちも同行することにした。

†

山深い里は、日暮れが近づくとともに天気が崩れ始めたか、重い雲で覆われていた。中心地区からは少し離れた尾伏《おぶせ》という集落に、目指す「神童」の家はあるという。

旧御神村との村境にある地区だった。

「あれ? まだ帰ってないいな」

尾伏山から谷を見下ろす高台に彼の家はあった。見晴らしのいい平屋建てには、洗濯物が干してある。家は留守だった。

「神社かもしれないな」

「神社？　神社でなにを？」

「なにっていうか、その、おつとめっていうか」

三人はそこに向かうことにした。

その集落はどこを見ても、物寂しい空気だった。違和感を覚えたのは、安吾だった。

「クリスマスが近いっていうのに、いやに殺風景だな。今時はこの時期、たいていどこも、こう、なにかしら飾り立てるのに」

「日本人みんながクリスマスで浮かれると思ったら、大間違いだ」

「おまえの口から言われると、びっくりするぞ。御母衣《みほろ》」

「この地区は、クリスマスは祝っちゃいけないんです」

と裕が言った。安吾が聞き捨てならないとばかりに、

「なんでだい？　ここの人たちはアンチ・キリスト教だとでも？」

「そーゆーんじゃなくて。物忌《ものい》みの時期なんですよ」

「物忌み？」

「慎ましくしなきゃいけないから、祝い事は厳禁なんです」

車で集落の中心あたりまで降りてきたところで、裕が農道の先を指さした。

「あっ。あいつだよ……。令《れい》ぃ！」

窓を開けて手を振る。前方からやってくるのは、黒い学生服を着込んだ小柄な少年だ。最近ではあまり見かけなくなった詰め襟を、きちんと喉元までしめて、かっちりと着こなした姿は、遠目にはいかにも木訥な田舎《いなか》の中学生だ。

「あれが俺のいとこの、胡桃沢《くるみざわ》令だよ」

安吾と御母衣《みほろ》は、互いを見、鋭い目つきになった。

その少年は、裕よりいくぶん年下に見えた。癖のある黒髪とまだ幼さの抜けない顔立ちに、ほんのりと赤みのある頰《ほお》。眦《まなじり》が切れ上がった黒目がちな一重の目が、聡明な印象を与え、体つきが華奢《きゃしゃ》なためか、ぱっと見たところ、男とも女とも見分けがつかない。学生服を着ているから、かろうじて男子だとわかる。

奇妙なのは、村の住民の反応だ。

胡桃沢令が歩いてくると、畑で仕事をしていた村民たちが、手を止めて、わざわざ深々と頭を下げる。しかも、彼が通り過ぎるまで決して頭をあげようとはしない。

まるで領主が通り掛かったかのような慇懃《いんぎん》な態度なのだ。

令は令で、それがさも当然のようで、挨拶を返すこともない。この少年の周りには何か奇妙な力関係が働いているのだとわかる。

「やあ。裕兄さん。こんにちは」

令は裕を見ると行儀良く挨拶をした。

安吾も車から降りたが、御母衣《みほろ》は降りようとはしない。顔を知られていることに警戒しているようで目配せだけして、車に留《とど》まった。

裕は気安い口調で令に話しかけた。

「今日はもう神社に行ってきたのか」

「いや、これから行くところだよ。そちらの人は」

「お客さん。こないだおまえが持ってきた写真が、このひとの友達のひいじいちゃんじゃないかっていって、聞きに来たそうだよ……」

「はじめまして。宇能安吾といいます」

安吾は少し腰をかがめて、令と目の高さを合わせた。

令は平然と、軽く会釈だけ返してきた。長いまつげに潤んだ瞳。小さな唇は赤く、どこか妖艶《ようえん》な雰囲気を醸し出している。

「裕くんが昨日SNSであげた写真。友人が曾祖父《そうそふ》じゃないかと言っててね。もっと手がかりが手に入るといいなと思って急遽《きゅうきょ》、駆けつけたんだ。あの写真は、君の家のものかい?」

「はい……。曾祖母が大切にしていたアルバムの中にあった写真です。蔵を整理していた時に出てきたんです」

「そうか。ずいぶんきれいな人だね」

「ええ。そう思って、裕兄さんに見せたんです」

「ひいお祖母《ばあ》さんとそのひとは、どういうご関係だったのか。なにか聞いてるかい？」

「遠い親戚だったとは聞いてます。まあ、このへんのひとたちは皆、親戚みたいなものだけど」

「この村に住んでいたのかな」

「わかりません」

「なんでその写真を、ひいお祖母さんが？」

「さあ。すごくきれいな幼なじみがいたって話を聞いたことがあるって、おばあちゃんが言ってましたけど、曾祖母はもう亡くなってるし」

「そのひとの名前は？」

「たしか」

令は答えた。

「御母衣拓磨さん」

安吾は顎鬚《あごひげ》を軽く撫でて、考え込んだ。

「御母衣《みほろ》……拓磨。それは確かかい？」

「はい。写真の裏に名前が貼ってありました」

「その御母衣《みほろ》さんちのことは、何か聞いてないかい？　関係は？」

さあ、と小首をかしげると、令は腕時計を見た。

「すみません。ご奉仕の時間なので、もういいですか」

「ああ、用事があったんだね。すまん。もしよかったら、都合の良い日にでもその写真を直接見せて欲しいんだが……」

「いいですよ」

あっさりと令は答えた。

「明日は学校休みですから、午後にでも神社のほうに来てください。では」

と丁寧にまた一礼して、令は去っていった。

独特の雰囲気を持つ少年だ。小公子とでも呼びたくなるような洗練された立ち居振る舞いは、品行方正そのものだ。

「もしかして、豪農とか庄屋の子孫みたいな家かい？」

「いや。ふつーの家だよ」

「なら、神社の宮司《ぐうじ》さんの息子？」

「この村には、ちょっと変わった風習があるんだよ」

変わった風習？　と安吾が問うと、裕はスマホをいじりながら、

「村で選ばれた神童が、尾伏神社に祀《まつ》られている神様に朝夕一度ずつご奉仕するんだ。尾伏の神《みの》童《わっぱ》と呼ばれてる」

「みのわっぱ……」

「神童に選ばれた子供は、すごく特別な存在で、氏子《うじこ》さんたちからは神様同様に崇《あが》められる。宮司さんよりも神様に近い人間なんだってさ」

集落の住民たちが、令に恭《うやうや》しくお辞儀をしていたのは、そのためらしい。

裕によれば、彼は毎朝夜明け前には起きて水垢離《みずごり》をし、神社での奉仕を終えてから登校するという。嵐だろうが真冬だろうが、関係なく、毎日欠かさず行っているという。

「そりゃすごいな……。氏子が崇めるわけだ」

「それ以外は、ふつーの中学生だけどね。もうすぐ大祭《たいさい》があるんだ。それの準備で忙しいんだろうな」

半分、神の世界に身を置く者特有のどこか世俗離れした空気が、あの妖艶さの源だったのだろうか。ともかく明日、令と神社で会うことにして、その日は裕を家まで送り、安吾と御母衣《みほろ》は近くの旅館に一泊することになった。

†

「どうした。御母衣《みほろ》。さっきから元気がないな」

風呂から上がって部屋に戻ってきた安吾は、浴衣姿で窓辺に腰掛けている御母衣《みほろ》を見て、心配そうに言った。

山間《やまあい》の村は早々と暗くなって、明かりがぽつぽつと斜面に点在している。ひなびた温泉旅館はシーズンオフのため、客も少なく、館内は閑散としていた。

「今なら大浴場も誰もいないぞ。入ってこいよ」

「そんな気分じゃない」

御母衣《みほろ》は黒い山の稜線を眺めている。暗い面持《おもも》ちだ。いつになく口が重い。

「昔のことを思い出してたのか?」

「………」

「そろそろ、打ち明けてみないか。七十年前に何があったのか」

「………。胡桃沢の姉さんだ」

ふと御母衣《みほろ》が言った。

「さっきの少年の曾祖母というのは。同じ小学校に通っていた」

「やっぱり幼なじみだったのか」

「ああ。十六で嫁にいくまでいっしょに過ごした」

安吾は髪を拭く手を止め、御母衣《みほろ》と向かい合うように籐《とう》いすに腰掛けて、怪訝《けげん》そうに顔を覗き込んだ。

「おまえは年をとらないんだろ？　なのに幼なじみがいるというのは、おかしな話だ。いったいどうなってるんだ……」

「僕は年をとらないが、躰《からだ》に一度大きなダメージを負うと、肉体を子供に戻して再生させるんだ」

安吾は驚いた。そんな話は初耳だ。

「肉体を子供に……若返るってことか」

「そうだ」

「そんなことどうやって」

と言いかけて、御母衣《みほろ》が人間ではないことを思い出した。彼は厳密には「生き物」ではない。サタンの手で作り出された「生き物のようなもの」に過ぎない。それが証拠に、股間には陰茎の代わりに生きた蛇がいる。神が彼の貞操を守るために手を加えた。言ってみるなら、一種のモンスターだ。

「ひどい怪我を負った。この地で地獄犬《ヘルハウンド》に襲われて、腕も足ももがれて、再生が必要になってしまった僕は、山に籠もり、子供戻りして肉体を作り直すことにした。御母衣《みほろ》家の主に拾われたのは、その時のことだ」

真冬の山小屋で彼を見つけた隠居の御母衣明磨《みほろあきま》――祖父が、家に連れ帰り、拓磨と名付けた。

「つまり、養子だったのか……」

「そうだ。今はもうどうかわからないが、当時、山で見つかった子供は、山神の化身とされていて、連れて帰って育てると、家が裕福になると言われていた。もちろん迷信だが」

「まるで座敷童《ざしきわらし》だな」

「戦前の話だ。このあたりは貧しい家も多かったからな。生まれた子供を口減らしで奉公に出すのはまだいいほうで、生まれおちた途端に手にかけることもあった。言い伝えは、たぶん、捨て子を育てて生かすための方便だったんだろうが、その方便のおかげで、僕は御母衣《みほろ》家に引き取られ、三男として育てられることになった」

子供ながらに輝くばかりの美貌で、祖父は心を奪われたとみえる。しかも黒髪なのに瞳だけが欧米人のように青いのだ。本物の神の化身とでも思ったかもしれない。

その美貌ゆえに、捨て子ながらも祖父から溺愛《できあい》された拓磨は、兄弟からは妬《ねた》みそねみを受け続けてきたという。

御母衣《みほろ》家は名主で、大家族だったが、家庭には馴染《なじ》まず、どこまでも異質な存在であり続けた。

「それでも、家族の中で暮らしていたこともあったんだな……」

安吾はビールを飲みながら、御母衣《みほろ》の話に耳を傾けて、言った。

「ああ、いや……。おまえにはそもそも生活感がないし、普通に、家族と一緒に暮らしているイメージがないからな」

「……さぞかし気味悪がられていただろうな」

家族ともほとんど口を利かず、変わり者と後ろ指をさされていた。

——この子は山の神の子だ。

と祖父は周りに言い含め、特別扱いをさせたせいもある。家長の長男よりも良い扱いを受けて、ますます妬まれた。女たちからは子供の頃から言い寄られ、時には、彼の筆おろしを狙う女から納屋《なや》に連れ込まれて犯されかけたこともある。女だけではない、男の奉公人からも。

この異形の肉体のことは、祖父だけが知る秘密だったが、ある時、風呂に入ろうとしていて奉公人に裸体を見られた。

彼の陰茎は、蛇だ。神の手によって、生きた蛇に変えられた。

日常生活で巧妙に隠し続けるのは至難の業《わざ》だったが「特別扱い」を受けることでどうにか切り抜けてきた。だが目撃した奉公人は驚き、あっというまに皆に言い触らして、ある日、兄弟たちに待ち伏せられて捕まって、服を剝かれてしまった。

「さすがにあのときはアブディエルが助けてくれたが、兄弟はますます僕を気味悪がって疎《うと》み、それ以来、おかしな噂《うわさ》ばかりを立てられるようになった」

「だったら、とっとと家を出ればよかったのに」

「去れない理由があった」

「理由、とは？」

御母衣《みほろ》は答えようとして、ためらい、口をつぐんでしまう。

浴衣の着こなしが自然なのは、やはり長年、日本にいたせいだろう。アベルとしての彼は、日本にのみ定住していたわけではない。その証拠に、世界各地でその姿が確認されている。

だが、立ち居振る舞いにも、日本人らしさが滲《にじ》んでいる。外国人かそうでないかは、顔立ちよりも仕草やリアクションでわかるものだ。

いつになく塞ぎ込む姿を見て、安吾は御母衣《みほろ》の胸の内を探った。

御母衣《みほろ》がいつも手元に置いて離さないコウモリ傘は、自らの躰の一部だ。その正体は、神に抜き取られた肋骨《ろっこつ》だった。地獄犬《ヘルハウンド》や堕天使たちと戦う時は、武器にもなる。

御母衣《みほろ》は戦闘力が高い。

地獄犬《ヘルハウンド》の群れを相手にしても、圧倒的に強い。そんな御母衣《みほろ》が「肉体を再生」しなければならないほどの傷を負った裏には、なにかあるような気がしてならない。

そもそも御母衣《みほろ》はこの地になんのためにやってきたのか。

御母衣《みほろ》家を出られなかった理由とも、なにか、かかわっているのか。

御母衣《みほろ》は打ち明けようとはしない。ただ翳のある眼差《まなざ》しで、なにか考え込むように窓の外を見つめるばかりだ。

そんな時の彼には、安吾でも気安く声をかけられない。

今日まで彼がどうやって生き続けてきたのか。憂いを帯びた横顔からは、窺《うかが》い知ることはできない。けれど、ひとつだけ感じ取れるのは、どこにも属せず、人の社会には溶け込むことのできない存在の、孤独だ。

ひとはひとりでいるときは、存外、孤独を感じない。

孤独が日常、普通のことだから、淋《さび》しいとも思わない。

彼のような人間は、家族などという繋がりの中にあるほうが、よほど孤独を感じさせられるにちがいない。

安吾は自分の幼少期を思い出した。愛人の子として生まれ、後に父親に引き取られたが、その家庭には居場所はなかった。母親が敬虔《けいけん》なクリスチャンだったので信仰を心の拠り所《よどころ》にしてきたが、孤独だったことに変わりはない。子供心に修道士になろうと決意したのも、そこならば家族と離れて暮らせると思ったからだ。団らんという場所に、安吾も縁がなかった。

だから、御母衣《みほろ》の気持ちもよくわかる。

わけもなく、御母衣《みほろ》の肩に触れたくなり、安吾は指をのばしかけた。

が、自制するように、指を折りたたんで拳を作った。

「……まあ、言いたくなければ、言わなくてもいいさ」

安吾はそう言って、取り繕《つくろ》うように缶ビールを飲み干した。

「……でも、おまえは人の好奇心を妨害《ジャミング》できるはずだろ。それでもいじめられてたのか？」

「家の中で毎日顔を合わせてるような人間には、それも限界がある。安吾、おまえのように」

ああ、と安吾は納得した。無関心でいたくても、こう四六時中いっしょでは、無理があるというものだ。

「……それに、この土地は気が籠もりすぎていて、僕の力も及びにくい。たまにあるんだ。閉塞感が強すぎて気が流れず凝《こご》っているところが」

「土地の気の流れと関係あるのか」

「人の関心は、跳ね返すというよりも気の流れに乗せて流してしまうのが早い。だが、それができなかった」

兄弟が嫉妬してくるのも、欲深い男女から執着を受けるのも、凝りきった土地の気による影響が大きかったと御母衣《みほろ》は語った。

「そうでなくても、村中が親戚みたいな土地柄だ。都会のようにはいかなかった」

口ぶりからすると、そこで暮らすのは苦行だったとみえる。

「でも胡桃沢の姉さんは、心優しいひとだった。唯一、ほっとできるひとだったな」

なつかしそうに言う。

こんなふうに御母衣《みほろ》が他人に愛着を示すのも、珍しかった。

「ただ、ひとつ気になることがある。尾伏の集落にある神社だ」

「令が神童をやってる？」

「ああ。僕がいたころは、あんな神社はなかった。あんな風習も」

安吾には意外だった。最近できた習わしだというのか？

「いかにも昔からの伝統って感じだったが」

「ちょっと調べてみたい」

御母衣《みほろ》が自分から言い出した。

「今夜、あの神社に行ってみる」

†

御母衣《みほろ》と安吾は、深夜になるのを待って、旅館からそっと抜け出した。

夜道を運転する安吾のスマホが、メールの着信を知らせた。

小塚昇太からだった。

尾伏神社の由来について、訊《たず》ねていたのだ。その返答だった。

「創建は、昭和二十一年……だそうだ。終戦直後だな」

安吾の代わりに御母衣《みほろ》がメールを読んで言った。

「主祭神は、天照大神《あまてらすおおみかみ》と……三十五柱の土公神《どくじん》」

「三十五」

という数字に、安吾も反応した。

「どくじん……とは？」

「土地の神のことだ。家で祀られれば、地主神と呼ばれるようになる」

御母衣《みほろ》は意外にも詳しい。

「ただ三十五という数が……」

「ああ」

例の集団怪死事件だ。死んだ人間の数が、三十五人だった。

しかも神社の創建は、例の事件が起きた二年後だ。

「もしかして、その神社」

「ああ。例の事件で死んだ者たちを祀っているのかもしれない」

小塚昇太の見解も、同じだった。三十五人の被害者の鎮魂のために建てられた社《やしろ》だったのか。

彼らの御霊《みたま》を祀る社の可能性が高い。

「ってことは、神童が奉仕する神というのは、事件の被害者たちか」

「……」

御母衣《みほろ》の表情は険しくなった。ただならぬものを感じた。

「あそこだ。尾伏神社」

尾伏地区の中心にあるその神社は、こぢんまりとしている。こんもりとした鎮守《ちんじゅ》の杜《もり》は古墳を思わせる。石鳥居《いしどりい》も建っているが、氏子たちが三十年ほど前に建てたもののようだ。

「確かに、社殿《しゃでん》もそう古くはなさそうだ。サッシがはまってるくらいだから」

だが、境内《けいだい》はきれいに掃き清められていて、石造りの常夜灯にも、しっかりとろうそくの火が入っている。

「しかし、強いな。すごく強い」

御母衣《みほろ》が言った。安吾も警戒している。

「なるほど、確かにただの神社とはわけがちがう。陰に籠もってるというか。潔斎《けっさい》されてる感じがしない」

「あんたにもわかるのか」

「これでも神父《しんぷ》だ」

「異教じゃないのか？」

「とらえ方のちがいだ」

「寛容なんだな。門衛騎士団《ハダニエル・ナイツ》のくせに」

「ぬかせ。異端には容赦しないが、異教にはジェントルに接するのが、俺の流儀なんだ。ただ神社の中にもこういう類《たぐい》のところは、時々ある。……怨霊《おんりょう》を祀っているところだ」

極東担当として土地の宗教については、よく調べている。

御母衣《みほろ》は神妙そうに、社殿を見つめた。

「怨霊……」

ためらうことなく社殿に近づいていく。鍵がかけてあったが、御母衣《みほろ》の手にかかれば、あっというまだった。

サッシを開け、懐中電灯で照らし出すと、正面の祭壇には大きな鏡がある。天照大神を祀るこの神社の御神体《ごしんたい》だということはわかった。

目を惹いたのは、その両脇に建てられたたくさんの六角柱だ。遠目には、位牌《いはい》のようにも見えた。それらにはひとつひとつ、文字が記されている。

「ひとの名前か……」

「御母衣《みほろ》家の人々の名前だ」

そのままを記しては、いない。

戒名《かいみょう》のように巧みに名前を分割して、神の名としている。

重苦しい表情で、その名をひとつひとつ、読み取っていった。

そのときだ。

「そこで何をしている！」

背後から鋭い声を投げかけられて、ふたりは振り返った。社殿の外に、白髪の老人がいた。宮司のようだった。まずい、と安吾が焦り、

「あ……、あの、私たちは、怪しいものでは……っ」

弁解しようとした、そのときだった。

「そこにいるのは……拓磨様、ですか？」

え？　とふたりは目を剝いた。

「拓磨様。拓磨様ですね！」

老人はひれ伏さんばかりに声をあげた。

「私です。源《げん》おじの孫の、義男《よしお》です」

御母衣《みほろ》は「あっ」と声をあげそうになった。御母衣《みほろ》家の小作人《こさくにん》の孫だという。安吾は驚いたが、当人だと名乗らせるわけにもいかず、慌てて間に入り、

「……すみません。ここにいるのは、拓磨氏ではなく、ひ孫の」

「よっちゃん。久しぶりだね」

御母衣《みほろ》があっさり認めたものだから、安吾はぎょっとした。

老人はなぜか疑問にも思わず、笑顔で駆け寄ってきた。

「ああ、拓磨様。お懐かしゅうございます。ああ、その青い瞳……。本当にまるでお変わりなく……」

「君はすっかりおじいさんになってしまったね」

「そりゃあ、もう。孫もおります」

どういうことだ、と安吾が耳打ちすると、御母衣《みほろ》も小声で答えた。

「古い友達さ」

義男は事件当時はまだ五歳だった。「胡桃沢の姉」のいとこで、幼少の身ながらなぜか御母衣《みほろ》になつき、御母衣《みほろ》も可愛《かわい》がっていたという。

——山の神のお兄ちゃん。

と当時は呼んでいた。神様は年をとらない。御母衣《みほろ》はその神様の子だと信じ込んでいるので、

ちっとも驚かなかったらしい。

「この神社はいつ建てられたんだい？」

「はい。ご本家の事件の後、小作人たちが御柱《みはしら》の皆様をお祀りするため、建てました。それはむごい事件でしたので」

子供心にも強烈な印象を残していたとみえる。御母衣《みほろ》家とその近親ら、三十五名が一夜にして死亡した。その怪死事件は、村の人々に、このような形で祀らねばいられないほどの恐怖を植え付けたとみえる。

元々は御神村に建てていたという。だが、ダム建設で村が沈むことになり、移転してきたこの村に再建したのだ。

「そうか。この村は、それじゃあ、御神村の人たちの村なんだね」

「もうじき、あの日がやってまいります」

奇《く》しくも、十二月二十四日の深夜。

キリストの聖誕を祝う夜に、その忌まわしい事件は起きた。

「ご本家の皆様の命日にあたるこの日、毎年、大祭を執り行い、御霊をお祀りしております」

村の者たちだけが参加する、秘密の祭りだ。だから、この尾伏地区ではクリスマスを祝う者はいない。それは物忌みの日だからだ。

以来、村では事件のことはタブーとされ、決して口にする者はいない。よそから調べに来た者に対しても、決して口を開かない。風評のこともあるが、村民たちが話題にすることすら恐れるのは、そのためだった。

「村の人たちは、あの夜、御母衣《みほろ》家に何が起きたと思った？」

御母衣《みほろ》が問うと、義男は顔を伏せ、

「……祟り、であると」

「祟り」

「はい。山神様のバチが当たったのだと、じいさまは申しておりました」

「………。バチ、か」

警察は事件以後、姿を消した御母衣《みほろ》拓磨を疑っていたが、村人たちは「殺人」だとは思わなかった。

信心深い義男の祖父は「罰《ばち》」だったと表現した。

「あの家は、確かに……ソドムのような家だったからね……」

御母衣《みほろ》が独り言のように呟いた。

「拓磨様がお戻りになる日が来たら、それは山神様が罪をお許しになる時だと、じいさまは申しておりました。義男は荷が下りた想いです」

「ああ、でも僕がやってきたのにはわけがあるんだ」

御母衣《みほろ》はSNSの画像を見せ、経緯を語った。

「胡桃沢令がこれを流せ、と裕に頼んだらしい。令は僕のことをどこまで知っている？」

義男は申し訳なさげに、白髪の眉毛をハの字に下げた。

「この神社の創建された由来は、神童《みのわっぱ》ですので存じておるはずです。集団怪死事件がその発端であることも。しかし、それ以上のことは当時を知る者に聞かない限りは」

「僕が生き残りであることは、知らない？」

「おそらく……。この集落ではあの事件にかかわる者には他言無用の掟《おきて》がございます。まして御柱に奉仕する神童《みのわっぱ》でございます。拓磨様が、御柱様のご家族であることを、知っていて、流したとは思えず」

よそ者には聞かれても答えるな、ときつく言い含められている。

知らずに、流出させたのか。

「……。令はどんな子なんだい？」

「大変頭の良いおとなしい子供です。神童《みのわっぱ》は閏年《うるうどし》の大祭にて、村の子供から籤《くじ》で選ばれるのですが、昔から人見知りで引っ込み思案でした。ところが、三年前に神童になってから、どうも様子が」

「様子が変わった?」

「はい。人と目も合わせられないような子供だったのに、目に余るほど不遜な態度をとるように……。一部の氏子を取り巻きにして家来《けらい》のように扱ったり」

宮司である義男を差し置いて、神社のことを取り仕切るようになったという。例祭でもない日にたびたび神社に集まって、他を閉め出し、祭事を行っている。義男が口を挟もうとすると、取り巻きの氏子たちに邪魔をされて、追い出される始末だ。

「不穏なのです。今度の大祭にもなにか起こるのではと心配で」

御母衣《みほろ》はその言葉から鋭敏に察した。

「令がなにか企てているとでも」

「実を申しますと……」

不安そうに義男は言った。

「令様は類い希《まれ》な神童《みのわっぱ》で、御柱様から託宣《たくせん》を得るというのです」

「御柱とは……亡くなった三十五名か」

「取り巻きたちに託宣を与えるというので、殊更《ことさら》信奉されているのです。その令様が、少し前に不吉な託宣を氏子たちに下したものですから」

「不吉な、とは」

義男は声を潜めて、ふたりに告げた。

「贄《にえ》です」

「贄？」

「当社では、毎年、あの事件が起きた十二月二十四日に大祭が行われるのですが、贄を捧げるのが恒例となっております。それも御柱様が所望する贄を、託宣によって得るのです。例年の通りでしたら山の鹿やイノシシなのですが……今年は」

「今年は」

「御母衣《みほろ》の血に繋がる者を、贄に捧げよ、という」

ふたりは息を呑んだ。

冷え込む境内には、灯明《とうみょう》に照らされた三人の長い影が伸びる。

闇に枝を広げた銀杏《いちょう》の木は、骨をさらしているかのようだ。

社殿の奥から祭壇の三十五柱が、恨めしそうにこちらを見ている気配がした。

†

夜半を過ぎ、寝静まった村には小雪が舞い始めた。

旅館に戻る車中で、口を開いたのは安吾だった。

「気づいたか、御母衣《みほろ》」

片手でハンドルを握りながら、助手席の御母衣《みほろ》に渡したのは、ガラスでできた水銀温度計だ。

「妄執熱があがってる。あの村……」

「ああ。奇天使《マステマ》がいる」

御母衣《みほろ》も嗅《か》ぎ取っていた。

「それもずいぶんたくさん。あそこまで多く同時に育つのは、やはり普通じゃない。あれはおそらく」

「魔宴《サバト》？　誰かが魔宴《サバト》を行っている？」

悪魔信奉者による儀式だ。その儀式を執り行うことによって、それぞれが身の内に飼っている妄執を煽《あお》り、奇天使《マステマ》を意図的に育て上げることができる。

「神社の儀式を装って、魔宴《サバト》を執り行っている可能性が高い」

「まさか」

と安吾は目つきを鋭くした。

「胡桃沢令か？　神童が魔宴《サバト》を主催してる？」

証拠はない、と御母衣《みほろ》は答えた。

「が、取り巻きとだけ秘密の儀式を執り行っていたと義男が言っていた。御柱の託宣というのも引っかかる。極めつけにあの神社、地獄犬《ヘルハウンド》の気配があった」

地獄犬《ヘルハウンド》は奇天使《マステマ》の臭《にお》いを嗅ぎつけて、集まってくる。

安吾はセンターラインの先をにらみつけながら、言った。

「……事件で死んだ三十五名の魂《たましい》が、令にサバトをさせているとでもいうのか。そんなことがあり得るのか」

御母衣《みほろ》はじっと水銀計を見つめている。

重苦しい表情だ。

「……写真を流せ、と令に託宣したのも、死んだ三十五人の魂か？　おまえをおびきよせるためだとしたら、いったいなんのために」

「復讐《ふくしゅう》」

と、御母衣《みほろ》が呟いた。

「……だとしたら」

「御母衣《みほろ》」

「あの夜、御神村で何が起きたか。知りたいんだろう？」

安吾は緊張した面持ちで、横目でちらりと御母衣《みほろ》を見た。

御母衣《みほろ》は氷のような眼差しをしている。

「ある者の召喚を行った」

安吾は息を止め、思わずブレーキを踏んだ。

車を端に寄せて、停めた。

「今なんて言った」

「悪魔召喚術だ」

御母衣《みほろ》は無表情で、淡々と告げた。

「僕が、御母衣《みほろ》家の五人を生け贄に、地獄からある者を召喚しようとして失敗した。無関係の一集落三十人まで巻き込んで死なせた。それがあの事件の真相だ」

ばかな、と安吾はかすれた声で言い返した。

「おまえが、悪魔召喚だと？　……なんのために！」

「……。言いたくない」

「ある者ってのは、誰のことだ。地獄から誰を召喚したっていうんだ」

御母衣《みほろ》は頑《かたく》なに口を閉ざしている。安吾は唐突に察した。

「まさか」

「……」

「アダ……」

と安吾が言いかけた時、御母衣《みほろ》がはっと目を見開き、周囲に鋭く視線を配った。

「囲まれた」

「なに」

「地獄犬《ヘルハウンド》だ」

安吾も我に返り、すぐにブーツに仕込んだ聖鉄製のダガーを抜いた。御母衣《みほろ》もコウモリ傘を握り、後部座席にいたアブディエルとともに、車から降りる。

人気のない夜の山道には、赤い陽炎を全身から燃え立たす不気味な獣が群れをなしている。

数十……いや、百を超えている。

「待て、御母衣《みほろ》」

背中合わせに立った安吾が、山林の奥を目で促した。

「後ろにいるのが、親分らしいぞ」

木々の向こうから、ひときわ大きなたいまつのようなものが現れた。たいまつだと思ったそれは、獣だ。燃えさかる獣なのだ。

地獄犬《ヘルハウンド》の群れを率いて現れたのは、巨大なイノシシだった。

体高は三メートル近くある。体毛の代わりに青白い炎を纏う。燃えさかる炎の巨体が、のっしのっしと近づいてくる。だが、木々に燃え移らないところを見ると、どうやら本物の火ではない。

「使役魔……っ」

御母衣《みほろ》がコウモリ傘を握り、構えた。途端にそれは青白い炎を発して、剣となる。《アベルの肋骨《アベルズ・リブ》》――自らの肋骨でできた剣だ。

「なんだと？　堕天使がいるのか」

「ああ、おそらく」

「ばかな。堕天使がなんのために……っ」

言い終わる前に地獄犬《ヘルハウンド》が襲いかかってきた。安吾はダガーで、御母衣《みほろ》は剣で応戦する。アブデイエルも牙《きば》を剝いて、地獄犬《ヘルハウンド》を次々と倒していく。

「くそ……っ。なんだってこんなに数が多い！」

突いても突いても、尽きない。地獄犬《ヘルハウンド》を相手にするのは初めてではないが、数が多すぎる。刺しきれなかった一頭に肩を嚙まれた。

「安吾！」

御母衣《みほろ》が叫び《アベルの肋骨《アベルズ・リブ》》でその一頭を突き刺した。刺された地獄犬《ヘルハウンド》は砂のようになって崩れていく。

「すまん……っ」

「いや、どうやら狙いは」

と御母衣《みほろ》は安吾を背にかばって身構えた。

「あんただ、安吾。奴らはあんたを狙っている」

「俺？　なんで俺が！」

「堕天使の目的は、僕だ。僕を地底へ連れ帰ることだ。あんたがいては邪魔なんだろ……来るぞ！」

ふたりの前に立ちはだかったのは、あの燃えるイノシシだ。大きな口には、顎の上下から牙が何本も突き出ている。咆哮《ほうこう》をあげて、襲いかかってくる。

「くそ」

ふたりと一匹がかりで応戦するが、巨体のくせに動きが鋭く、なかなかとどめを刺すことができない。喉笛に食らいついたアブディエルも、歯が立たず、振り払われて木に叩《たた》きつけられてしまう。

「アブディエル！」

御母衣《みほろ》の目の奥に闘気がみなぎった。眼光鋭く剣をふりかざし、イノシシめがけて襲いかかる。

猛烈な死闘を繰り広げる。

「下がれ、御母衣《みほろ》」

安吾はその隙《すき》に銃へと葬送弾を装塡《そうてん》した。御母衣《みほろ》が身をかわした瞬間を絶妙に狙い、イノシシの額めがけて撃ち込んだ。イノシシは激しく黒い蒸気を吹き上げて悶絶してしまう。

どおっと倒れ込んだ巨体は、しゅうしゅうと黒い蒸気をあげて、崩れていってしまい、後には白骨だけが残った。

「どういうことだ。これは」

「おまえが邪魔なんだろう」

御母衣《みほろ》はまだ熱を放ち続けるイノシシの亡骸《なきがら》に近づいて、そこに落ちていた小さな水晶を拾い上げた。

「そいつは……デビルズ・クリスタルか」

「ああ」

堕天使が使役魔を従わせるために埋め込む水晶だ。カットされた形を見れば、それが誰の使役魔か、判別できる。御母衣《みほろ》は水晶を車のライトに照らしてみた。

そして、険しい顔つきになる。

「見覚えがあるのか」

「ああ……」

御母衣《みほろ》は掌《てのひら》に納めて、尾伏村から続く道を振り返った。

地獄犬《ヘルハウンド》は逃げ去ったようだ。暗い山道は闇に沈んでいる。

ちらつく雪が、うっすらと枯れた草に積もり始めている。

息が白い。

御母衣《みほろ》は自らの肋骨を剣からコウモリ傘へと戻し、雪の落ちてくる夜空を見上げた。

†

翌日は、本格的な雪になった。

ふたりは別行動をとる。安吾は約束通り、胡桃沢家を訪れることにした。

令は家で受験勉強の真っ最中だった。綿入り半纏《はんてん》を羽織った令は、安吾を居間のこたつに招いた。寒い地域の子供らしく、肌が白くて頬が赤い。ノートを広げた姿は、普通の男子中学生だ。

「お母さんは仕事で留守にしてます。うちの甘酒、よければどうぞ」

湯呑みになみなみと注いで差し出す。濃厚な自家製甘酒だ。

「とてもまろやかに仕上がりました。塩を加えて甘みを引きたててます」

「君が作ったのか」

「ええ。こだわりの一品です」

安吾は内心、警戒している。何を企んでいるのかわからない相手が出すものを、おいそれと口にするのは憚《はばか》られたが、そもそも自分は「死んでいる」肉体だ。毒を盛られたところで、これ以上「死ぬ」こともない。そう思ったら、腹が据わった。

飲むと、ほんのり麹《こうじ》の甘みが口に広がる。普通にうまい。

「いかがですか」

「うまいよ。上品だ」

「素材を生かすことにこだわっているんです。日本の伝統食は食材と向き合う訓練になります」

「まるで料理人みたいなこと言うんだな」

「調理師を目指してます。この村は山菜も美味しいですよ」

令はさっそくアルバムを持ってきて、安吾に見せた。

「この写真か……」

SNSに流れたものだ。粒子の粗い白黒写真はだいぶ劣化していたが、古い写真独特の雰囲気が、写っている人物をますます神秘的に見せる。学生服を着た美貌の若者は、確かに御母衣《みほろ》拓磨だった。

そばにいる犬は、よく見れば、アブディエルだ。

七十年前……。安吾が生まれるずっと昔の御母衣《みほろ》の姿だ。アブディエルと一緒にいる写真は、証明写真とはちがい、表情も柔らかい。不老不死のアベルであることを、改めて、思い知る。

アベルが「御母衣《みほろ》拓磨」としてこの地に生きていた当時の、証《あかし》だ。

なにかわからねど、自分が知らない御母衣《みほろ》の過去に触れ、胸に迫るものを感じた。

そして、ぞっとする。異端の言い伝えなどまやかしだ、悪意ある者の作り事である、と突き放していたい安吾の信念を、この写真は根本から揺さぶるのだ。

「君は、彼が何者か、知っているのか」

「御神村の地主だった御母衣《みほろ》家の方ですよね」

甘酒をすすりながら、令は言った。

「御母衣《みほろ》家の人は出征した人以外は、みんな亡くなっている。そして尾伏神社の御柱となった。つまり、拓磨さんは神様の親族。宇能さんのご友人というのは、拓磨さんのひ孫にあたる方ですか？」

「あ……ああ」

「会ってみたいな。いまどこにいるんです」

「会ってどうする？」

「だって神様の子孫ですよ。お話を聞きたいじゃないですか」

安吾はじっと令の出方を窺っている。

「それも、託宣か？」

え？　と令は素朴な表情で聞き返した。

「御柱から託宣を得て、あの写真を流した。ちがうかい」

「誰から聞いたんですか」

令の表情に警戒の色が浮かんだ。

「尾伏神社の宮司さんからだ。託宣というのは、どんな感じなんだい？　こう、イタコみたいに口寄せをするのか？　それとも天の声が頭の中に響いてきたりするのか」

「ぼくの場合は、こう、神事の最中になにかが天からおりてきて、ぼくのからだを借りてしまうような感じです。子供の頃から霊感が強くて。神童に選ばれたのも、そのせいだと思ってるんだけど」

話し方も木訥としていて、信奉者を従えるような人間には見えない。

神事の最中に神を降ろすタイプの人間もいる。彼はその類だろうか。

「君に降りてくるのは、御母衣《みほろ》家の死者、だというのか？」

「わかりません。ぼくは神様を降ろすことはできても、その正体まで知ることはできないんです」

安吾は注意深く、令を見つめている。

「では写真を流したのは？　それも託宣のうちだったと？」

「託宣を実行するためです」

令はあっさりと認めた。

「ぼくに降りてきた御柱様がそうお命じになったからです」

「なんのために、御母衣《みほろ》家の死者は、そうさせたのだと思う？」

「もういちど、訊ねてもいいですか」

逆に問い返された。

「宇能さんのご友人というのは、御母衣《みほろ》拓磨の子孫ですか。それとも」

「………」

「本人ですか」

安吾はぐっと詰まった。単刀直入だ。やはり令は気づいている。答え方を誤って御母衣《みほろ》の立場が危うくなるのだけは避けたかった。

「………。七十年も前の話だろう。たとえ本人が生きていたとして、それを呼び寄せる理由はなんなのか。君たちの神の意志というものは、なにをさせるつもりなのだろう。君に意志を伝えてくる存在は、本当に存在しているのか」

「宇能さんは、クリスチャンですか」

意表を突かれた。令は首から提げているロザリオを指さした。単なるアクセサリーではない、繊細な銀細工でできた修道会のものだった。

「だとしたら、その質問はそっくり返します。神は存在するのか」

「それとこれとは」

「同じことですよ。信仰者に対して、信仰する対象が存在するかどうかなんて、愚問の極みです」

中学生らしからぬ口調で問い返してくる。

——一部の氏子を取り巻きにして、まるで……。

ただの儀礼的な「神童」ではないようだ。先ほどまでとは顔つきがちがう。ようやく本性が顕れたか。どうやら相手はただの子供と思ってはいけないようだ、と安吾は思い直した。

「では、君たちの神は、御母衣《みほろ》拓磨を呼び寄せたいとして、その目的はなんだ」

「さあ、そこまでは。ただ」

「ただ?」

「例の事件。御母衣《みほろ》拓磨さんが引き起こしたものだとすれば、御柱様が求めているものは自《おの》ずとわかるのではありませんか」

令は洞察力にたけている。

核心をついてこられて、安吾は喉元に刃物を突きつけられた気さえした。

「……。つまり、報復を?」

「惨い事件で亡くなった方の、怨念を鎮めるために祀っている社ですから」

安吾はぞっとした。

「そんなところに御母衣《みほろ》の血縁を連れていくわけにいくか」

「ええ、だから、これは忠告です。宇能さん。連れてきてはいけませんよ」

「写真を流しておいて、言うことが矛盾しているな」

「ええ。でも御柱様に従わねば、ぼくがひどい目に遭いますから」

「君は、奴隷だと？」

令は複雑そうな表情をして、冷めた甘酒を飲み干した。

「これも怨念のはびこる土地に生きるものの宿命です」

妙に達観した令の言葉のうちに、七十年前の事件が残した爪痕《つめあと》を感じた。

「御母衣《みほろ》家のご縁者は、この土地に連れてきてはなりません。連れてこなければ、ぼくはおそろしいことをしないですみます。約束してください。絶対に連れてきてはいけない」

令は、これ以上迷惑をかけてはいけないから、と御母衣《みほろ》の画像をSNSから削除させると約束したが、一度ネットにあがってしまったものは、元画像を削除しても、ネット中から消すことはできない。

令は殊勝に詫《わ》びて、安吾を送り出した。

外に出ると、また雪がちらつきはじめている。

里山の向こうには新雪を頂いた高峰が、うっすらと望めた。今の安吾はもう寒さもろくに感じない体だが、侘《わび》しい山里の光景は、心を寒くする。

車に乗り込んだ安吾に、令は言った。

「君は、本当に大丈夫か」

「はい。たぶん」

「何が起こるかわからないから当分この地に留まる。君の力になるよ」

「頼もしいです。お願いします」

別れを告げて、胡桃沢家を後にした。

令の口ぶりは善良だった。「御母衣《みほろ》の縁者を贄《にえ》に差し出せ」という自らの出した託宣を、恐れているようだった。御母衣《みほろ》への報復を、七十年前の犠牲者たちが望んでいることを。

「こりゃ、いよいよ死霊退治かな……」

気になるのは、昨日の襲撃だ。

使役魔を遣う堕天使が近くにいる……？

もしや、裏で糸を引いているのは……。

「ん？　アブディエル？　どこに行った？」

外で待っていたはずのアブディエルが、いない。御母衣《みほろ》が「護衛に」と安吾に差し向けていたのだが。

まさか、御母衣《みほろ》になにかあったのでは。

安吾は連絡をしたが、電話が通じない。心配になり、合流しようとアクセルを踏んだ。

谷に続く林道を降りていき、坂の終わりにさしかかったときだった。車に異変を感じたのは。

がたがたがた、と大きな音をあげて車全体が揺れて、前輪が利かなくなった。安吾は車を降りて、左前輪を覗き込んだ。タイヤがパンクして接地面が半分ほどつぶれている。

「いかん……。裂けてる。こりゃ昨日のバトルでやられたな」

スペアタイヤに交換するため、車の後部にまわり、トランクを開けて器具を取りだす。タイヤ交換に気をとられていて、安吾は自分に近づく者たちの気配に気づくことができなかった。

殺気を感じて振り返った時には、数人の白装束《しろしょうぞく》たちに囲まれている。

「！」

後頭部に一撃を食らった。目に星が散った。木刀での一撃だった。

安吾は車に手をついて倒れるのを堪《こら》えたが、反撃する間もなく、複数の男たちから袋叩きに遭ってしまう。

「おい、よせ！　なにをする……やめろ……！」

物も言わない殴打に耐えかねて、安吾は手にしたスパナを振り回した。

男たちが怯《ひる》んで、後ずさる。木刀での殴打をくらった安吾は明らかに頭蓋骨《ずがいこつ》がへこんで、側頭部が変形していたが、大して痛みも感じなかった。

「悪いな……。俺はあいにく、ゾンビでね」

「かまわん、やれ！」

五人がかりで襲いかかってくるが、安吾は物ともしない。とうとう刃物を持ち出され、腕を切られたが、ろくに血も出ない。

「だからな！　俺の体はもう死んでるんだっつの！」

あっというまに刃物を奪いとって、素手で氏子たちをのしてしまった。

怯《おび》えきって地に這いつくばる氏子たちを見下ろし、安吾は言い放った。

「おい、誰の命令で俺を襲った。御柱か、それとも！」

ぐらり、と突然、めまいに襲われた。平衡感覚がおかしくなって、思わず、車のドアに手をついた。なんだ？

泥酔した時のように、頭がぐるぐる回る。視界が急激に狭くなってきた。

なんだ……。この体に、何が起きているのか。

「ごめんね」

車の陰から現れたのは、ダウンコートに身を包んだ少年だ。胡桃沢令ではないか。いつのまに追いついていたのか。どうやって。

安吾は青ざめた。ようやく気づいたのだ。

さっきの甘酒だ。なにか仕込んであったにちがいない。しかし文字通り「生きる屍《かばね》」である安吾の体に効くような薬があるとも思えない。

「これも〝託宣〟だから」

安吾の視界から色が失《う》せ、急速に意識が遠ざかる。

そのまま足から崩れ、地面に突っ伏し、気を失った。

氏子たちは、安吾の体を数人がかりで持ち上げる。そして車の中へと運びこんでいった。令は木訥な様子とは打って変わって、冷ややかな目つきになり、唇をつり上げた。

「さて……。満を持して、あのお方をご招待するとしようか」

†

一方、御母衣《みほろ》はその頃、御神ダム近くのレストハウスにいた。

ある者と待ち合わせをしている。現れたのは、小塚昇太だった。

「あれ？　あんたひとりかい？　宇能氏は？」

「今日は別行動してる。それより例の場所に案内してくれるんだよな」

ああ、と小塚は得意そうにうなずき、ヘルメットを御母衣《みほろ》に投げた。

「昨日ようやく突き止めた。まちがいない。連れてってやるから、後ろに乗りなよ」

御母衣《みほろ》はヘルメットをかぶり、小塚のオフロードバイクの後部シートにまたがった。小塚が向かったのは、ダム対岸にある山林だ。舗装されていない林道を走ること、三十分。鬱蒼《うっそう》とした山林の、獣道めいたところを下ったところに、目指す場所はあった。

「ここか……」

斜面に少しだけ削平した一角があり、そこに苔《こけ》むした小さな石塔が、横一列にみっしりと並んでいる。

「三十五ある。まちがいない。ここが、例の事件で死んだ人たちの、墓だ」

集団怪死事件を調べてきた小塚が探し続けてきた、三十五人の墓だった。

「この村の風習で墓は集落でなく、山の上に作るらしい。きっとどっかに残ってると思って探してみたら、案の定だ。この山は、御母衣《みほろ》家が持ってた山のひとつだからな」

御母衣《みほろ》はヘルメットを外し、石塔群の中央に立った。

「……やはり先祖の墓とは別々に埋葬したんだな」

「なんだよ。あんたも詳しいんじゃないか」

「御母衣《みほろ》家の墓地は、西の尾根《おね》の山神社《やま》の隣にある。だが、横死者は別の場所に埋葬される習わしなんだ……」

やけに詳しい御母衣《みほろ》に驚きながら、小塚は、御母衣《みほろ》がひざまずいて懐《ふところ》から線香を取りだすのを、ぽかんと眺めていた。御母衣《みほろ》は合掌《がっしょう》した。

「あんた、御母衣《みほろ》家の血縁か何かなのか?」

小塚の問いには答えない。ひどく悲しそうな顔つきで、ひざまずいている。

線香の煙がたなびいて、彼の美しい横顔を包んだ。

「………。血縁じゃない」

ぽつりと呟き、御母衣《みほろ》はポケットから、昨日、使役魔の亡骸のもとで拾ったクリスタルを取りだした。

掌に載せて、まるで方位磁石で方向を測るように、墓の周りをうろついた。だが、なかなか思うような反応がないのか。怪訝そうな顔をして、とうとうやめてしまった。

「どうした? なんだ、いまのは」

「気配がない。ここじゃない」

「え」

「生け贄にされた死霊が、堕天使の使役魔にされる時は、必ず亡骸のある墓のそばで儀式を執り行う。だが、ここには儀式があった痕跡がない」

は？　と小塚が目を剝いた。

「おいおい。あんた、そっちのひと？　まじもんのオカルトマニアかよ」

「つまり……御柱の意志というのは」

御母衣《みほろ》が何かに気づいて、尾伏村のほうを振り返った。

「まずい……安吾……ッ」

突然、御母衣《みほろ》の持つスマホが着信を知らせた。すぐに取りだした。画面には「宇能安吾」の名がある。

「僕だ、安吾。いま、どこに」

『……御母衣《みほろ》拓磨』

返ってきたのは、安吾の声ではなかった。別の男の声だった。

「誰だ。おまえ」

『宇能安吾の身柄は預かった。この男を灰にされたくなければ、今夜零時《れいじ》、尾神の熊野《くまの》社に、ひとりで来い。いいな』

一方的にそれだけ言うと、電話は切れた。

御母衣《みほろ》の顔が強ばった。

その短いメッセージで、状況をすべて理解してしまったのだ。

「お……おい、なんだよ。何があったんだよ」

小塚が、緊迫した空気を読み取って、問いかけてくる。

「……なんでもない。戻ろう」

「あんたも行くのか」

「どこへ？」

「まつりだよ」

と、小塚が言った。

「尾伏神社の大祭だ。事件で死んだ三十五人を祀ってる。事件のあった二十四日の夜に合わせて、毎年、柱忌祭《ちゅうきさい》っていうのが行われるんだ。あさってだろ」

「あさって……」

御母衣《みほろ》は冷ややかな表情になった。

「そうか。そうだったな。十二月二十四日だった」

「でも氏子以外は参加できない秘祭で、誰もそこで何が行われてるかは見たことがないんだ。秘密の祭事で、なんかそうとうヤバイことやるらしいんだ。こっそり潜入してやろうと思ってる。一緒に来ないか」

「やめたほうがいい」

と即座に言った。

「その祭には近づくな。悪いことは言わない。これ以上、首を突っ込むと、本当に生きて帰れなくなるぞ」

その言葉に妙な迫力を感じて、小塚は言葉を呑んだ。

「あんた、いったい……」

御母衣《みほろ》は墓地から望むダムの湖面を見下ろしている。なみなみと碧《あお》い水を湛えたダム湖は、その底に忌まわしい過去を沈めている。御母衣《みほろ》はコウモリ傘を強く握り、眦《まなじり》をつり上げた。

†

その夜、御母衣《みほろ》は尾神ダムへと向かった。

ダムの底には、御母衣《みほろ》家があった集落をはじめ、百軒近い家々が沈んでいる。御母衣《みほろ》がかつて通った学校も、寺や公会堂も、そっくりそのまま水の底だ。

今はさほど水が多くはない時期とみえて、水位が低い。

湖面から、石鳥居が覗いている。水位が下がると、顔を覗かせる。

そのすぐ近くの岸には大きな櫟《くぬぎ》の木があり、そばに石祠《いしぼこら》が建っていた。

御母衣《みほろ》が向かったのは、その祠《ほこら》だった。それは御母衣《みほろ》家が建てたもので、毎年、元旦の夜には家族でここを訪れるのが習わしだった。祠には米をまいて、拝んだものだ。昔、大人たちにならってそうしたように、御母衣《みほろ》は祠の前にしゃがみこんだ。

その姿勢のまま、しばらく動こうとしない。

「………。いつまで待たせるつもりだ」

御母衣《みほろ》は背後に立つ者に声をかけた。

「おまえが首謀者だということは、わかっているんだ。ニスロク」

「なぁんだ。ばれていたのか」

御母衣《みほろ》はゆっくり立ち上がり、振り返った。

そこにいるのは、小塚昇太だ。ついさっき、別れたばかりだった。

御母衣《みほろ》は冷徹に問いかけた。

「地獄の料理人が、こんなところで油を売っていていいのか。グルメなあの男はおまえの料理でなければ、口にしないのではなかったか」

「食材探しは自ら行うのが、私の流儀なのだよ」

小塚は薄暗い笑みを浮かべて、告げた。

「会えて嬉しいよ。我が主の花嫁《ロードス・ブライド》――アベル」

「ふん。この僕に口借りで済まそうなんて、何様のつもりだ。ニスロク」

御母衣《みほろ》は不遜な目つきになって言った。

「それとも僕に狩られるのが怖いのか」

堕天使ニスロク。

地獄の料理人と呼ばれる堕天した天使で、闇の天使長サタンのしもべだ。

昨夜の使役魔は、このニスロクが遣わせたものだった。

「人の口など借りないで、自分の体で挨拶をしに来たらどうだ。ニスロク」

「おや。迎え人が気に入らなかったのかい？　美しい女性のほうがよかったかな」

ニスロクはおどけた。本体はここにはいない。ニスロクの得意は、口借りだ。他人の口を借りて話し、肉体を遠隔操作する能力に秀でている。

御母衣《みほろ》は苛立《いらだ》ちを隠さなかった。

「なるほど……。令に託宣を下したのは、尾神村の三十五柱などではなく、おまえだったというわけか、ニスロク。託宣を装って令に口借りするとは……。本体はどこだ。どこにいる」

「ふふ。あなたにはわかりますまい」

「この臆病者《おくびょうもの》が。安吾はどこだ」

「あんな人間の男ごときにご執心とは。噂は、本当のようだね」

「……。ネルガルから聞いたのか」

「ああ、そうだ。我が最愛の友ネルガル。あなたがあの男とともに、ネルガルを討ってくれたおかげで、また五十年、地獄の底で目玉から再生するはめになった」

「貴様……っ、まさか最初から」

「もう遅い。アベル！」

言うや否や、御母衣《みほろ》の足下から、木の根が盛り上がってきて、生き物のように暴れはじめた。

御母衣《みほろ》は即座に《アベルの肋骨《アベルズ・リブ》》を抜いた。大蛇のように襲いかかってくる木の根を、次々と切る。

だが、木の根はなぜか鋼のように強靭《きょうじん》で、なかなか断つことができない。

「く……っ。どうなってる！」

「ここがどこか忘れたようだね」

小塚の体を借りて、ニスロクは言い放った。

「ここは君の因縁の地だよ。御母衣《みほろ》拓磨！」

「！」

御母衣《みほろ》の手首に、木の根が絡まる。そうこうするうちに反対側の手首も捕らえられ、磔《はりつけ》にでもされたように宙に吊《つる》された。

「く……あ……っ」

木の根が手首に食い込み、あまりの痛みに剣を落としてしまう。ゆっくりと拾い上げたニスロクが、《アベルの肋骨《アベルズ・リブ》》の剣先を、御母衣《みほろ》の喉元に突きつけた。

「おっと……。おかしな真似《まね》はしないほうがいい。僕の本体は、宇能安吾のそばにいる。抵抗すると、奴を殺すよ」

「やれるものなら、やってみろ。奴は不死身だ」

不敵な笑みを浮かべ、御母衣《みほろ》は言った。

「安吾の肉体はもう死んでいる。だからそれ以上は死にようがないんだよ」

すると、ニスロクが肩を揺らして笑いはじめた。

「何がおかしい」

「知ってるさ。ネルガルから全て聞いた。だから、奴に呑ませた酒に水銀を入れた」

「なんだと……ッ」

水銀は屍生体《ししょうたい》となった肉体に唯一、効く物質だった。

「さらに水銀を注入すれば、たとえあの方が放棄せずとも、肉体は動かなくなり、やがて腐り始め、死と同一の状態となる。本来、水銀には肉体の腐敗を防ぐ力があるが、屍生体はその逆の道をたどる。そうできている」

「よせ、ニスロク！」

「やめませんよ。アベル。報いは受けてもらわねば」

ニスロクは剣の先端を、御母衣《みほろ》の顎の下に突きつけた。

「よくも我が伴侶ネルガルを無残な目に遭わせてくれましたね……」

「仕返しか。くだらん」

「なんとでも」

「そのために僕を呼び出したのか」

「あの写真を拡散すれば、きっとあなたにメッセージが届くと」

「こんな真似をして、奴が許すと思うのか」

「大丈夫。あの方には見えません」

ニスロクは笑った。

「宇能安吾は水銀を飲んで仮死状態。いや、本来あるべき死の状態」

「馬鹿な真似はよせ」

「花嫁の名を笠に着ても無駄だよ。アベル。ここがどこか覚えているだろう」

「……」

「あなたはかつて、この場所で、悪魔召喚術を行った。人間どもを生け贄に。黒魔術に手を染めておいて、よくも神の使徒を名乗っていられるものだ」

御母衣《みほろ》は顔を歪めて、憤りをあらわにした。ニスロクは微笑《ほほえ》み、

「あなたは自分の主を欺いた。私も自分の主を欺く。お互い様というものです」

「ニスロク……きさま……」

「アデュウ。地獄の城で会いましょう」

いいざま、容赦なく《アベルの肋骨《アベルズ・リブ》》の剣先で御母衣《みほろ》の喉を貫いた。

御母衣《みほろ》はうめき声もなく、目を見開いてのけぞり、口から血を流して、そのまま動かなくなってしまった。

†

十二月二十四日。

尾伏神社は一年に一度の大祭を迎えた。

日が落ちると、ぞくぞくと氏子たちが集まってきて、神事が始まる。

社殿の向こうの本殿は、美しく飾り立てられ、三十五柱の祭神に、夜を徹して祝詞《のりと》と神楽舞《かぐらまい》を捧げる。

境内には篝火《かがりび》が焚《た》かれ、笛や太鼓の音が響く。雪のちらつく中、子供たちは甘酒を飲み、大人たちは御神酒《おみき》に酔う。厳粛な空気は夜が深まるにつれて、奇妙な昂揚感《こうようかん》を生み始めていた。

神童《みのわっぱ》の胡桃沢令も、今宵は巫女《みこ》かと思うような華美な装束に身を包み、顔には化粧をほどこしている。

夜半が近づくと、真夜中の秘儀が始まる。

神童《みのわっぱ》による祝詞だ。一時間近くかかる大祝詞《おおのりと》で、この時だけは、社殿の扉が閉められて、幕がおろされる。氏子の中でも、限られた者のみが参列できて、中で執り行われることは一切秘密だ。

境内の御常灯も一切消され、暗闇の中、辺りを照らすのは祭壇にだけ設けた灯明だけだ。最も厳粛な儀式だった。

まだ未成熟な声帯から発せられる祝詞は、危うくも、澄んでいて、どこか妖《あや》しい艶《なま》めかしさすらある。曖昧《あいまい》な独特の旋律を波のように繰り返す、その音色は暗闇に揺れるろうそくの火のようで、神秘的な空気を深めていた。

礼を繰り返す。儀式のクライマックスだ。

「我らが御柱様に贄を手向《たむ》けよ」

祭殿の前に降ろされていた御簾《みす》が、するする、とあがっていく。

供物《くもつ》を捧げる白木の台には、全裸にされた若者が、横たわっている。

御母衣《みほろ》拓磨だった。

その喉には剣の姿をした《アベルズ・リブ》が深々と刺さっている。

やがて神童のみが進み入ると、再び御簾がおろされた。灯明が御母衣《みほろ》の裸体を照らしている。

絶妙な黄金比のもとに生み出された美しい裸体だ。炎が揺れるにつれ、陰影も揺れる。

令は、静かに見下ろした。

そして、ゆっくりと手を差し伸べ、御母衣《みほろ》の体に触れた。掌で全身を愛撫《あいぶ》するようになぞっていく。

その瞳は、陶酔している。

「……なんて……なんて芳醇《ほうじゅん》な……」

至高の食材を手に入れた喜びに酔っている。

舌なめずりをして、令は邪悪な微笑を口元に浮かべた。

「君を料理できるなんて、最高だな。アベル」

手には、儀式用の長包丁がある。

「こんなに活《い》きのいい君を、さあ、どうやって料理してあげよう」

太腿《ふともも》の滑らかな肌を愛撫しながら、令はその匂いを嗅ぐように、顔を近づけた。食材の感触を確かめるように、筋肉の弾力ときめ細やかな肌の張りを、掌で感じ取る。

「生き物を料理するのは、ぼくの最高の悦《よろこ》びなんだよ……。君をずっとずっと料理してみたかった。アベル。やっとかなったね」

囁《ささや》きながら、内腿に手を差し込み、股間へと伝わせていく。

「ああ、これだね。君の、たいせつな蛇は」

美しい肢体の中央にあるべき陰茎は、白い蛇だ。しかも生きている。

御母衣《みほろ》の白い腹の上に横たわっていた蛇が、途端に鎌首をもたげ、令を威嚇してきた。その蛇は猛毒を持つ。元はといえば、神がアベルの貞操を守るために陰茎を変化させたものだった。

「……ふふ。凶暴な蛇だね。でも扱い方は知っているんだ」

令は片手を囮《おとり》にして素早く喉元を後ろから押さえ込むと、顎の下から親指を押し当て口が開かないよう封じこむ。

「この蛇は快楽には弱い……」

鎌首を押さえ込んだまま、ふたつの陰嚢《いんのう》をゆっくりともみしだいていくと、蛇はびくびくと震えて、むくむくと太く固くなっていく。意識のない御母衣《みほろ》の体が、刺激を感じ取って反応する。

令が蛇の喉元を愛撫すると、蛇は催眠術にでもかけられたようにうっとりと目を細めた。

やがて、御母衣《みほろ》の秀麗な眉が歪みはじめた。唇からは、小さなうめきが漏れる。喉を串刺しされていても御母衣《みほろ》は死なない。それどころか、丸い唇から熱い吐息を漏《も》らし、身もだえして甘い快感を堪える。

「ああ、いいね。先走りの汁がこぼれてきた……どれ」

令は、蛇の唇に口づけて、舌で汁を舐《な》め取った。

「うん……。甘い。なんて芳醇なんだ……ネルガルのやつ。ひとに黙ってこれをひとりで味わうなんて。目玉にされたのは、抜け駆けの罰だよ……」

「……あ……」

御母衣《みほろ》の口から、声が漏れた。それは御簾の向こうにいる氏子たちにも聞こえただろう。淫靡《いんび》な気配は、いやでも伝わる。

ごくり、と氏子たちが生唾を飲む音がする。

そこに同座を許されているのは、令に選ばれた、美しく若い氏子たちだ。

令もはじめのうちはたおやかに扱っていた。裏筋を舌で舐め、大きく口を開いて、蛇の頭を口中に包み込んだ。

御母衣《みほろ》の体が、びくり、と波打つ。

温かい口中の粘液で、さんざんにいたぶりながら、時折、吸引して、歯を立てる。絶妙な刺激に御母衣《みほろ》の口からはたえずあえぎが漏れ続ける。

生きた蛇の鎌首をしゃぶる音は社殿中に響き続けた。その音を聞けば、令がどんな無体な行為をしているかは、誰の耳にも明らかだ。

「……ぐ……う……ああ……っ」

自らの肋骨に喉を貫かれながらも、御母衣《みほろ》の声は、官能を極めた。氏子たちは前のめりになって、たまらず腰を動かしはじめている。

「……きもちいいかい?」

令が囁いた。

「いいよ……。だしていいんだよ。ほら」

「ぐ……よせ……」

「ほうら」

「!」

堪えきれず、射精した。

蛇の口から吐き出された白濁の甘露汁を、令はその口で受け止めた。

ごくり、と喉を動かし、飲み干した。

「ああ……。なんて美味なんだ」

ニスロクはうっとりと目を細める。

「……私がいままで口にしてきたものの中で、一番だ。一番美味だよ、アベル。エデンの園にだってこんな甘美な酒はない。舌がとろけそうだ。もう他のものは口にできないな」

ニスロクは御母衣《みほろ》の顔を覗き込み、その唇に口づけた。

「君を私のものにしてしまいたいな、アベル……。一生、君だけを食していたい。君を飼おうか、アベル。このニスロクのものにしてしまおうか……」

御母衣《みほろ》は顔を歪ませて、胸を激しく上下させている。

「……やめろ……ニスロク……」

「君は罪だ、アベル。我が主サタンの被造物とは、ここまで美味なものなのか。体液の味までもこの世のものとも思えないほど官能的だ。これが我が主の〝半分の心臓〟が生む味なのだね。すばらしいよ。アベル。君の肉はどれほどうまいだろう。ああ、私の手で今宵、最高の料理にしてやるつもりだったが、それ以上にこのまま生で味わってみたくなった」

ニスロクは赤い舌先で、御母衣《みほろ》の乳首をなぞるように舐める。

御母衣《みほろ》は体を波打たせて悶《もだ》えるが、喉に刺さった剣が、逃れることを許さない。

「……ひっ……」

「ここだね。ここが君の弱点だったね……。ああ、こんなに勃《た》ってきた。上も下も、こりこりじゃないか」

「だめだ……よせ……」

「切り刻むのはやめて、契約しよう。アベル。私と交わって、私の所有物になれ。君は最高の食材だ。君をここに裸にして吊して、いつでも甘露汁を飲めるようにしておこう。ビールサーバーのようにね」

「！」

「見なよ」

振り返ると、御簾ごしに若く美しい氏子たちが、それぞれ自慰行為に耽《ふけ》っている。中にはそれだけでは飽き足らず、まぐわいあっている者までいる。

「君のにおいは、魔宴《サバト》のよいメインディッシュになったようだ。もうすぐ私が育てた奇天使《マステマ》たちが生まれてくるよ」

「く……おお……っ！」

抵抗した御母衣《みほろ》の体がバリバリと鋭い火花を発したが、令は見えない障壁でいとも容易《たやす》く跳ね返した。驚いたのは御母衣《みほろ》だ。

令の体からはゆらりゆらりと不穏な炎が燃え立っている。

「……おまえ……だったのか……」

御母衣《みほろ》は口惜しそうに睨みつけてきた。

令は操られているのでもなんでもない。

ただの口借りではなかったのだ。御母衣《みほろ》は見抜けなかった。

「……まさか、その体が本体だったとはな」

「そうだよ。僕がニスロクだ」

令は邪悪に笑った。

「君が七十年前、召喚術で死なせた三十五名。その怨念《おんねん》を我が力とし、君をおびき寄せるための蜘蛛《くも》の巣をはった。ここは僕の巣だ。君を待っていたよ。御母衣《みほろ》拓磨」

ニスロクが衣を脱ぎ落とし、ゆっくりと台にあがってくる。その股間は張り詰めて、雄々しく上を向いている。

「この土地の魔力は凄《すさ》まじいものがあったよ。さすがは地獄の門に近き場所。ここでは誰もが悪魔の力を得る」

「……どけ……ニスロク……っ」

「無駄ですよ、アベル。ここは僕の巣だと言ったでしょう。君は巣にかかった蝶《ちょう》」

御母衣《みほろ》は身もだえしながら、白い喉を仰《あお》のける。令はその喉をじっくり舐め上げた。

「……君らしくもない失態だね、アベル。御柱たちへの罪の意識が、どうやら君の勘を鈍らせた。僕ごときの巣にかかるとは。それとも君は、御柱たちに報復されてしかるべきと思っていたのか」

「……ちがう……っ」

「それでいいのさ。彼らが見ているよ。彼らの見ている目の前で、僕が美味《おい》しく食らってあげるからね」

御母衣《みほろ》は祭壇の三十五柱を見た。冷ややかな視線を感じた。恨みに満ちた気配が、煽り立てる。

──その男を食え。食え。食われて償え、と。

「そこで待っておいで、御神三十五人衆。今から僕がじっくり仇《かたき》をとってやる。こんな旨《うま》いもんをあの方だけが独り占めするなんて許せない」

「やめろ……っ」

「最高の魔宴《サバト》だ。さあ、アベル。ひとつになろうじゃないか。あの方も手が出せない。僕は地上に君臨するだろう。君を私のものにして、私が地上を統《す》べる闇の天使長サタンとなる……！」

「よせ！」

御母衣《みほろ》の腿を持ち上げて、秘門に自らの肉槍をあてがおうとした。

そのときだ。

「……悪戯《いたずら》はそこまでだ。ニスロク」

ニスロクのすぐ背後から、男の声がした。

ぎょっとして振り返ると、そこに立っていたのは……。

「安吾！」

御母衣《みほろ》は痛む喉《のど》で叫んだ。

水銀で「殺害」されかけていた安吾が、そこにいる。

気配すら感じなかった。それどころか、もう腐りはじめているはずだった。

「な……なぜ、おまえがここに！」

そこまで言いかけて、ニスロクは凍り付いた。安吾の左瞳は、金色に輝いている。その身に纏う威厳は、安吾のものではない。目の前に佇むだけで他の存在を圧倒する、恐るべき存在がそこにある。

「わ……わが主……」

「それだからおまえたちは堕天使なのだ」

闇の天使長サタンは、顎を突き上げ、侮蔑をこめてニスロクを見た。

「欲望に勝てぬ。自らの欲望に忠実すぎるゆえに、畏《おそ》れ多くも神に背いた。だが、それは私の花嫁だ。ニスロク」

「お……お許しください。わが主！」

「私に成り代わろうなどと……。きつく懲《こ》らしめねばわからぬようだな」

王者の威厳に満ちた低い声は、落ち着き払っている。ニスロクはひざまずいて、許しを乞うが、容赦する気配はない。威圧しながら、近づいていく。

「おまえたちの役目は、アベルを我がもとに連れてくることだ。味わうことは許しておらぬ。つまみ食いなど、下《げ》の下《げ》だぞ。ニスロク」

御母衣《みほろ》は息を止めて震えている。あの男だ。あの男が安吾の肉体に、再び降臨したのだ。降臨先として選ばれた安吾は、まるで別人のように禍々《まがまが》しいオーラを放っている。

ぼこ、と泥の中で泡が弾《はじ》けるような音がした。

振り返ると、氏子たちの口を押し分けて、次々と奇天使《マステマ》が生まれ出てくるところだった。

「いかん……っ」

御母衣《みほろ》が叫んだ。

「アブディエル……どこだ！」

「なるほど、奇天使《マステマ》をよく産ませたことは褒めてやろう。だが、埋め合わせにはならんぞ。ニスロク」

「お許しを！」

男は鷹揚《おうよう》に近づいてくると、御母衣《みほろ》の首に突き刺さった《アベルの肋骨《アベルズ・リブ》》を引き抜いた。そのまま勢いよく、ニスロクの——胡桃沢令の心臓を貫いた。

ニスロクの口から断末魔の悲鳴がほとばしった。

剣に触れたところから、令の肉体がぼろぼろと崩れていく。あどけない顔を恐怖と苦悶に歪ませて、黒い蒸気を吹き上げて崩れ、目玉だけ残して、令の肉体は蒸発してしまった。

その目玉には翼が生えていて、地面に溶け込むようにして、消えていく。

後に残されたのは、奇天使《マステマ》たちだ。

奇天使《マステマ》の赤子は、産まれた途端に産みの親を頭から喰らう。このままでは氏子たちが喰らわれてしまう。

「貸せ！」

「おっと」

御母衣《みほろ》が男に飛びかかり、《アベルの肋骨《アベルズ・リブ》》を取り返そうとしたが、男はさっと身をかわした。

「奇天使《マステマ》は、我が軍団の兵となる者たちだ。おまえに喰わせるわけにはいかん」

「喰うんじゃない！　このままだとあいつらが喰われる！」

「ならば、アベル」

男の手が、御母衣《みほろ》の顎を捕らえた。

「……おまえが我が名を呼ぶのなら、言う通りにしてやってもいい」

「！　……ばかなことを」

「今宵は神の子の聖誕祭。おまえと私がひとつになるには、ふさわしい夜ではないか」

唇を吐息がかかるほど近づけて、男は囁いた。それだけで御母衣《みほろ》は腰が砕けそうになる。ニスロクにさんざん昂《たかぶ》りを促された余熱ともいうべきものが、体の芯《しん》に残っている。火が付くのは一瞬だった。

「……やめろ……」

「我が名を呼べ。アベル」

「……やめ……っ」

「ひとつになる時だ。そして今宵、神に叛逆《はんぎゃく》の烽火《のろし》を」

床に這い出した奇天使《マステマ》が、宿主たちに鋭い牙を剝く。魂を噛みちぎろうとしている。それを目の端に認めて、アベルは動揺した。

「わかったから……たのむ！　奇天使《マステマ》を！」

「……奇天使《マステマ》を？」

殺してくれ、と御母衣《みほろ》は男の胸にすがった。

男は小さく鼻で笑うと、お安いご用とばかりに、軽く指を鳴らした。

その小さな音だけで、生まれたての奇天使《マステマ》たちは次々と破裂してしまう。

無残な肉片が壁や床に飛び散った。が、それらもほどなく黒い蒸気をあげて消えてしまう。

「言う通りにしたぞ、アベル」

男は熱く囁いた。

「さあ、我が名を呼べ」

「……よぶ……ものか……」

アベルは眉を歪め、燃えるような吐息の下から、傲岸に告げた。

「……なにをされようが……おまえの名だけは呼ばない……っ」

「ふん。わがままを聞いてやったのに、すぐこれだ。気位の高い花嫁だな。ならば」

それ以上は言葉もいらないと言うように、口づける。

唇を貪《むさぼ》りながら、その体に覆い被さっていく。闇の王者の執拗《しつよう》な口づけを、無残な傷のある喉に受けながら、御母衣《みほろ》は祭壇に並んだ三十五柱の神体を朦朧《もうろう》と見た。

御母衣《みほろ》家の死霊たちが、見ている。

彼らの視線に晒されながら、闇の帝王の陵辱《りょうじょく》を受ける。

彼を呪《のろ》う死霊たちでさえも、その禁じられた性交を、阻むことはできない。

暗い憎しみの目線を一身に感じながら、あられもない姿をさらす。その背徳感に目がくらむ。

彼の最も敏感で弱い乳首を、口に含み、思うさま、舌で転がす。そのたびに御母衣《みほろ》の躰はびくびくとはねる。流されるまいと理性をつなぎ止めるが、それもやがて官能の波に飲み込まれ、身も心も明け渡してしまいそうになる。

御母衣《みほろ》は歯を食いしばって抗った。

「どうした……アベル……おまえのあの甘い声を聞かせろ」

「あ……あ」

「おまえを欲した奴らに思い知らせるのだ。おまえは私のものだと！」

堪えても堪えても、声が漏れる。

無体な愛撫が御母衣《みほろ》の蛇を昂らせる。

「あんご……っ」

助けを求めるように、御母衣《みほろ》はうめいた。

「あんご……安吾……」

「おまえが呼ぶべき名はそれではない」

「安吾……！　目を！」

怒張したペニスが、御母衣《みほろ》の秘門に押し当てられる。御母衣《みほろ》はサタンの奥に眠る安吾に向けて叫んだ。

「目を覚ませ！　安吾！」

だが、男は禍々しく微笑んだだけで、かまわず、さしこんだ。

強烈な快感が落雷のように御母衣《みほろ》の躰を貫いた。無上の悦楽が、衝撃波のように体中に広がり、瞬く間に脳の芯まで染め上げた。甘美な蠢動《しゅんどう》に征服された御母衣《みほろ》はもう蹂躙《じゅうりん》を赦すことしかできない。つながったところから、互いの軀へと何度も何度も快楽の電流が駆け抜ける。ふたつに分かれた心臓が同調して、同じ脈を打ち始め、その一体感にこの上なく陶酔し、理性は崩れ果て、果てしなく絶頂に達し、首をかき抱き、愛撫し、喉からほとばしるみだらな声を抑えもせず、互いの体を求め合う。

「……感じるぞ……アベル……おまえの熱い肉が、私をしめつけて離さない……」

「……ぬけ……ぬいてくれ」

「うそを言うな。こんなに深くからみついて。こんなにもひとつになることを悦んでいるじゃないか。おまえは私とひとつになりたいのだ。おまえの肉と魂は、とめどなく私を求めてくるくせに、なぜ名を呼ばぬ」

「あんご……」

「その名ではない」

「あん……ご」

抗いの言葉を砕くように、なお深く激しく責め続ける。

「これでもか」

「……あ……ぐ……」

官能でただれた脳はとろけるばかりだ。だが、自我にこびりついた一抹の矜持《きょうじ》が、陥落の一言を言わせない。

その口を割ろうとして、さらなる快楽をおびただしく注ぎ込んでいく。

「強情な……」

「……まだだ……もっと……」

「そのくせ貪欲な……」

「……イ……く……」

「私の愛で……屈服させてやる……アベル……」

嬌声《きょうせい》が響く。

もつれあう影が、壁に揺れている。

淫乱を極めた魔宴《サバト》を、大いなる存在が見つめている。

沈黙の向こうにあるのは、怒りか。それとも――。

堕天使たちの聖夜は更《ふ》けていく。

†

宇能安吾が目を覚ましたのは、その二日後のことだった。

目を覚ますと、枕元には御母衣《みほろ》がいた。

「大丈夫か、安吾……」

そこは旅館の一室だった。

窓の外は雪景色だ。いつのまにこんなに降ったのだろう。太陽の光が積雪に反射して、眩《まぶ》しいくらいだ。羽毛布団の温《ぬく》もりに包まれて横たわっていた安吾は、しばらく記憶が繋がらなくて、困った。

「ここはどこだっけ」

「覚えてないのか。御神温泉の旅館だ。ずっと泊まってただろ」

「おがみ……」

「丸二日眠ってた。いや、おまえ的には丸四日かな」

うまく働かない頭で安吾は記憶をたどる。枕元の漆盆《うるしぼん》の上に置かれてあった腕時計を手に取り、日付表示を見て、ぎょっとした。

「十二月……二十六日だとう？　おい、クリスマスは！　聖誕祭、終わってんじゃねえか！」

「ああ」

「うそだろ！　ｗｅｂ放送でのミサをすっぽかしてしまった！」

まず最初に口にするのが、そこだとは……。さすが修道士だ。御母衣《みほろ》は半ば呆れて「やれやれ」と肩をすくめた。

「本当に何も覚えてないんだな」

経緯を語って聞かせてやると、安吾はようやく状況を飲み込んだのだろう。とはいえ、記憶に残っているのは、令の取り巻きに襲われたところまでだ。

「つまり、俺は捕まっていたのか……」

「水銀を飲まされて氏子の家の蔵に監禁されていたらしい。危なかったな。屍生体に効く唯一の毒だ。水銀を飲むと、元の死体に戻ってしまうんだ」

ぞっとした。生きる屍は無敵、とタカをくくったことを後悔した。安吾は、危ういところだったのだ。

「あの少年が、堕天使本人だったとは……」

あんなに長く話していて気づかなかった自分を、なじり倒したい。

御母衣《みほろ》としても令自身が本体だったのは誤算だった。間近に面と向かっていれば、あるいは見抜けていたかもしれない。が、あいにく御母衣《みほろ》は車内にいた。てっきり託宣は口借りだと思い、本体は別にいるものと思っていた。

「かわいそうなことをした」

ニスロクのことではない。胡桃沢令だ。

御母衣《みほろ》は窓の外の雪景色を眺めて、同情気味に言った。

「……堕天使の中には、変身能力を持つ者がいる。ニスロクもそのひとりだ。たぶん、本物の胡桃沢令は、もう生きていない。ニスロクは令になりすますために、命を奪ったはずだ」

全ては御母衣《みほろ》をこの地に呼び寄せるためだろう。

アベルに報復する気満々だった。

そのために、堕天使は、人間を犠牲にすることも厭《いと》わない。

「……僕のために」

御母衣《みほろ》は重苦しい口調で言った。

儀式中に「令」になりすましたニスロクは、目玉を残して消滅してしまったため、村の者たちも何が起きたのか、わからなかったようだ。行方不明になった令を「神隠し」と騒いで、今も捜索を続けている。

「それで俺には、……またサタンの奴が降りてきたわけか」

「………。降りてこなければ、おまえは死体に戻っていた。奴にまた助けられたな」

サタンが降臨した肉体には、水銀すら効かない。

神に最も近いと言われた男だ。

安吾は自分のふがいなさに、またしても落胆してしまった。

「なんで俺を呼んでくれなかったんだ。呼び覚ましてくれてれば、奴を追い払ったのに」

「呼んだ。何度も呼んだが、おまえは目覚めなかった」

これには安吾も言葉を失った。御母衣《みほろ》に呼ばれても、届かなかったことがショックだった。それは御母衣《みほろ》でもコントロールできないということだ。

「まさか、サタンの奴、また俺の体でおまえを、その……手篭《てご》めにしたんじゃ……」

御母衣《みほろ》は口を閉ざした。

「どうなんだ。御母衣《みほろ》」

「……なにもないよ」

「ほんとうに？　ほんとうに何事もなかったと？」

「ああ」

素っ気なく答えるが、その眼差しには影が差している。美しい目元にうっすらと蒼《あお》い隈がある。

安吾は、嫌でも察した。言葉通りに受け取るほど、楽天家でもいられなかった。

なにより、軀が覚えているのだ。

甘く熱い肉をさんざん味わいつくした、その余韻が、名残《なごり》が。

下半身に悪い熱のように染みこんでいる。

安吾は暗澹《あんたん》とした気持ちになった。

この体だけが御母衣《みほろ》という果実を貪った。その罪悪感と……苦さと。

その余韻を貪ってしまえるという、禁じられた愉悦《ゆえつ》に。

「……。それでニスロクは退治できたのか」

「退治も何も、奴が……闇の天使長が、自ら手を下して処罰した」

「そうか……」

悔しいのと屈辱とで、安吾は歯がみしたいのを必死で堪えた。いくらサタンのおかげで生きていられるとはいえ、主導権をこんなにもいともたやすく渡してしまうことに、不安しか感じない。

何より、御母衣《みほろ》を救ったのもサタンであり、自分ではないことが、やりきれなかった。

ふと我に返り、御母衣《みほろ》の首に包帯が巻いてあるのに気がついた。

「その包帯はどうした。怪我したのか」

「ああ……。ちょっとな」

「何された」

「ニスロクの奴に。こいつで喉を貫かれた」

と傍《かたわ》らにあるコウモリ傘を見た。

「串刺しにされたのか？　おい、よく生きてられるな」

「こいつは僕の体の一部だからな。刺されても基本的には傷にもならない。だが、喉を貫かれると、身動きがとれなくなる。ニスロクには弱点を把握されてる」

とはいえ、御母衣《みほろ》も不死身だ。再生に時間がかかることはあるが、簡単には殺せない。その方法も。

「全くないわけでもないが……」

言葉を濁す。が、心配そうな安吾を見て、すぐに苦笑いした。

「生きている死体と、生きている泥人形だ。お互いまともじゃないな」

「御母衣《みほろ》……」

「あんたが無事でよかった」

ふとこぼれた本音に、安吾は驚いた。わけもなく照れ臭くなってしまい、あちらこちらを見回した。もう何日も寝ていたせいか、体が埃《ほこり》っぽい。

「……とりあえず、風呂でも入らせてくれ」

†

数日前の大雪で、山々は雪景色に様変わりをしていた。

御神ダムも白銀に包まれて、眩しいくらいだった。

去る前に、ふたりはもう一度、ダムを見渡せる展望台にやってきた。他に人影はなく、あたりはひっそりとしている。

ここに来ると、御母衣《みほろ》は寡黙になる。

紺碧の湖の底に沈む、今は亡き家族のことを思い出すのか。

瞳を伏せ、沈鬱そうに冷たく澄んだ風に吹かれて、水底に想いを馳《は》せている。思い詰めた眼差しは、悲しみを湛えていた。

そんな横顔を見ていると、安吾はそこで何があったのか、と無理に聞き出すことも罪に思えて、何も言えなくなる。

人の世のことには超然としているように見える御母衣《みほろ》がここに立つ時だけ、その心を垣間見せる。

「ここに吹く風は……変わらないな」

御母衣《みほろ》がふと呟いた。

「雪に、枯れた木々の匂いが混ざってる……。あの頃はまだ台所も風呂も薪《まき》で焚いていたから、煙の匂いがどこを歩いても漂っていた。家に帰ると、それに煙草《たばこ》の臭いが混ざってた。牛や馬の糞尿《ふんにょう》の臭いも。雪が積もると、親戚たちが集まった正月を思い出す。冬山の匂いに煙草の臭いが混ざった、独特の」

世俗の臭いがちっともしない御母衣《みほろ》から、そんな言葉が出てくることが、安吾を驚かせる。自分も知らない、戦前の話だ。

「……僕は異物だったから、あの家にいい思い出はひとつもないが、暗い台所の神棚に祀られた、煙でいぶされて真っ黒になった大黒様《だいこくさま》や、雪に埋もれた小さな石祠は……好きだったな」

「……。御母衣《みほろ》」

彼にとって、人間は「奇天使《マステマ》を生み出す」生きた畑に過ぎない。

安吾はそう思っていたから、個々の人間と深くかかわって暮らしていた御母衣《みほろ》に、知らない一面を発見する思いがしていた。

だが、御母衣《みほろ》家は、彼の手によって、全滅した。

「なぜ、彼らを生け贄に」

「……悪徳に満ちた家だった」

御母衣《みほろ》は長いまつげを伏せた。

「権威のある家柄だったが、不倫と近親相姦がはびこっていた。表では格式張って澄ました顔をしているが、戸の裏側では、男も女も欲望を剝きだしにして憚らなかった。僕自身、幼い頃から何度も欲望の的にされてきた」

「だから……?」

「ここは地獄の門に近い土地。閉ざされた土地に黒い欲望の気が溜《た》まり、黒魔術を執り行うには格好の場所だった。アレを行うにはここしかないと思った」

安吾はまだ腑《ふ》に落ちない。

「……僕がなぜ、召喚術など行ったのか、知りたいんだろ?」

心の中を見抜かれて、安吾は驚いた。

御母衣《みほろ》は切なそうに告げた。

「おまえが推測した通りだよ」

「では、やはり……」

「地の底に落とされた我が父を、連れ戻すためだった」

アダムのことだ、と安吾にはわかった。

妻イブを嫉妬で殺し、その罪によって、地の底に落とされた。

彼の使命は、闇の天使長サタンを討つことだ。そしてアダムを地の底から連れ戻すことでもあった。

「でも失敗した」

御母衣《みほろ》は冠雪した頂《いただき》を眺め、

「僕が黒魔術に手を染めることを、主は許さなかったんだ……」

御母衣《みほろ》は天罰をくらい、魔方陣を破壊され、その凄まじい魔力が暴走した挙げ句、皮肉にも、村の無関係な人間たちまで巻き込んでしまった。

それは、人間を生け贄に差し出そうとした御母衣《みほろ》への罰だったのか。

「いいや……。そんなのは表向きだ。地の底に落ちた父を助けることを許さなかったからだ。神は父の罪を裁いて地の底に落とした。許すわけもない。だが、僕は父を奴の手から取り戻したかった。それは使命とは違う。僕がそうしたかったんだ」

「なぜだ。それは神の意志に背くことじゃないのか。神に罰せられたアダムを、どうして」

「僕を、赦してくれたひとだから」

御母衣《みほろ》は搾《しぼ》り出すような声で言った。

「……僕という異端の被造物にも、存在していていいのだ、と言ってくれた、ただひとりの人だから」

安吾は茫然《ぼうぜん》とした。

そうだったのか……、と。

アダムを連れ戻すのは、彼自身が望んだこと。

自分を受け入れてくれた者を救いたかったのだ。

神にとって「アベル」は「堕天使サタンを討つための猟犬」に過ぎなかった。猟犬だから生かされているに過ぎない。本来なら、自分に背く者の被造物など、ただちに壊してしかるべきなのに。

自分は神には愛されてはいない、という想いが、アベルには、ある。

そんな自分を赦して愛してくれたのは、イブを殺したアダムだったのだ。

イブに似せて作られた自分を。

サタンの手で作られた自分を。

「僕は、あの人のためなら、魂も投げ出せる」

そんな真摯《しんし》な言葉を、御母衣《みほろ》の口から聞いたのは、はじめてだった。

そこまで思える相手を、彼が持っていたことに、安吾は驚きを隠せなかった。

「おまえにとって、アダムとは……」

「……。心の父だ」

御母衣《みほろ》はてらいなく答えた。

そのひとを救い出すために、家族であった人々を生け贄にした。そんな御母衣《みほろ》のねじくれた内面まででは、安吾にはまだ踏み込むことができない。自分を虐《しいた》げた家族への報復だったのか、それとも家族という名の等価交換だったのか。

御母衣《みほろ》は、語ろうとはしない。

だが、はじめて、彼の素顔を見た気がした。

それでも、自らの罪について打ち明けるくらいには、自分に心を開いているということなのだろうか。

「ここに来ることを、よく受け入れてくれたよ。御母衣《みほろ》」

「……おまえがいっしょだったからな。安吾」

御母衣《みほろ》は微笑んだ。

「ひとりじゃ、こられなかった……」

「御母衣《みほろ》……」

安吾は薬指にはまるロンギヌスの指輪の感触を噛みしめた。

「美しい湖だな」

「……ただのダム湖さ」

「おまえが『御母衣拓磨《みほろ》』として暮らした十何年かが、この水の底には、あるんだな……」

紺碧の人工湖は、まるでそれらを秘するかのようだ。

御母衣《みほろ》は風に吹かれている。自分の罪と向き合うように。

純白の雪は、陽光を反射して、眩しく輝いている。

†

「拓磨様!」

ふたりが車に乗り込もうとしていたところに、軽自動車で追いかけてきたのは、尾伏神社の宮司・義男だった。

今日去ることを、安吾が連絡していたのだ。

「よかった。お見送りができて」

「色々騒ぎ立てて、すまなかったな。よっちゃん」

いえ、と義男は首を横に振った。

「拓磨様がご無事で、本当に、ようございました」

義男は大祭の夜、外に追い出されていたので、社殿の中で何が行われていたのかは、幸いなことに、知らない。

——御母衣《みほろ》家の血に繋がる者を贄に……。

との託宣は、実現はせずに済んだが、

「拓磨様にご報告を、と思いまして」

大祭の後、行方不明になった「胡桃沢令」を捜索していたところ、裏山で身元不明の白骨遺体が見つかったという。その所持品とみられるものに「胡桃沢令」の学生証があった。火葬痕もないので警察は頭を捻《ひね》っているが、御母衣《みほろ》にはそれが本当の令であるとわかった。

義男も、何者かが令になりすましていたことを知り、愕然《がくぜん》としていた。

「これも皆……山神様の祟りなのでしょうか。山神様はまた……」

「山神じゃない」

御母衣《みほろ》は答えた。

「悪魔のしわざだ……」

義男は当惑気味に安吾を見た。安吾はうなずき返すしかない。

そこに、招かれざる者が現れた。

「拓磨様……か。それがあんたの名前なのか」

小塚昇太だった。まだこの村に残っていたらしい。

安吾と御母衣《みほろ》は、警戒気味に振り返った。

「……まだいたのか。おまえ」

「礼ぐらい言って欲しいもんだな。御母衣《みほろ》家の墓に案内してやっただろ」

小塚は御母衣《みほろ》の顔を覗き込んで、言った。

ニスロクに操られていた時の記憶は、全く残っていないらしい。

「拓磨……か。確か、御神村の事件で生き残った奴の名前も、拓磨、って言ったっけ」

「……」

「あんた、御母衣《みほろ》家のことにずいぶん詳しかったが、もしかして……」

御母衣《みほろ》は冷ややかに小塚を見つめ、さっときびすを返した。

「案内してくれたことは礼を言う。だが、悪いことは言わない。あの家のことには、あまり首を突っ込まないほうがいい。……行こう、安吾」

じゃあ、と義男に言い残し、御母衣《みほろ》は安吾の4WDに乗り込んだ。

義男は深々と頭を下げて、見送った。

安吾と御母衣《みほろ》を乗せた車は、国道へと走り去っていった。

見晴台に残された義男に、小塚が話しかけた。

「なあ、あんた、確か尾伏神社の神職でしょ。あのひとたち、何者なんすか」

「ただの友人ですよ。それだけです」

というと、詮索を避けるように自分の車にそそくさと乗り込んで、去っていく。

小塚はスマホの画面を開いた。そこには、ニスロクがSNSにあげた「御母衣《みほろ》拓磨」の古い写真がある。

そして同じスマホの中に、御母衣《みほろ》家に関する調査レポートが保存してある。

そこにはこう記してある。


〝御母衣《みほろ》拓磨、御母衣《みほろ》家の三男。集団怪死事件の生き残り〟

〝村では「絶世の美男子」と評判だったが、事件後、行方不明に〟

〝山神の落とし子、と呼ばれ、青い瞳を持ち、陰茎が生きた蛇だった、と伝えられている〟


「……まさかと思ったが、そのまさかってやつに遭遇しちまったかもな」

小塚は獲物を追うハンターの目になって、ほくそ笑んだ。

「御母衣《みほろ》拓磨……、こいつは暴いてみる値打ちありかもな」


厄介な奴に係わってしまったかもしれないぞ。

安吾の言葉に、御母衣《みほろ》は無関心そうに答えた。

「問題ない。一日二日、顔を合わせただけで、僕に関心を持ち続けることは不可能だ。騒ぎにはならないさ」

「粘着質そうな顔をしてたぞ」

「奴ほどじゃない」

サタンのことを御母衣《みほろ》は「奴」と呼ぶ。決して名は呼ばない。

ルキフェル、それがサタンの本当の名だ。

御母衣《みほろ》が決して口にしてはならない名だ。

サタンはアベルの心臓とひとつになり、完全体として神をしのぐ力を得ようとしている。これを阻止するためにも――そしてサタンから自由になるためにも、御母衣《みほろ》はサタンを討たねばならない。だが、サタンを討てば、安吾は生きていられない。

御母衣《みほろ》が一瞬、苦しそうに眉を歪めた。

後部座席からむくりと起き上がってきたのは、アブディエルだった。

「アブディエル、動けるようになったのか」

実は、安吾を見張る、という名目で護衛に付かせていたのだが、ニスロクの手によって封印されてしまっていた。おかげで肝心な時に御母衣《みほろ》を守れず、安吾にサタンの降臨を許してしまったアブディエルだ。

安吾以上に落ち込んでいる。

尻尾を丸めてしょげるアブディエルを見て、御母衣《みほろ》はその頭を撫でた。

「気にするな。僕は無事だよ」

「まあ、そう、しょげるなよ、アブディエル」

と安吾が慰めたら、目一杯、歯を剝かれて唸られた。

「まったく……」

御母衣《みほろ》が呆れ気味に言った。

「少しは仲良くしてくれ。さあ、早く帰ってクリスマスをやり直そう」

人の気も知らないで、と安吾はなじりたくなった。

ステアリングを握る掌には、まだ、御母衣《みほろ》の肌の感触が残っている。

この軀が知っている。その肌も唇も。甘く発した嬌声も幻《まぼろし》のように耳に残っている。甘く歪んだ顔も、まぶたにぼんやり焼き付いている。

だが、自分ではない。御母衣《みほろ》が我を忘れるほど求めたのは。

確かに、この軀ではあっても。

御母衣《みほろ》が安吾に嘘をついて隠したのは、サタンに陵辱を赦したことを恥辱と思っているからではない。自分からサタンを求めていったことを、知られたくないからだ。

表向きはともかく、御母衣《みほろ》の魂は、安吾がサタンと入れ替わる瞬間を望んでいるのではないか。

なおかつそれで生かされているのかと思うと、いたたまれないし、みじめだし、嫉妬《しっと》で変になりそうだ。

嫉妬？　という言葉に、我ながら、驚いた。

嫉妬なのか？　これは。

つまり、俺は御母衣《みほろ》のことを……。


安吾は溜息をついた。

今夜もまたこの身に残る仄暗《ほのぐら》い熱のせいで、眠れなくなりそうだ。

修道士がこれでは堕落もいいところだ。帰ったら鞭打《むちう》ち百回だな、と思った時、ふいに思い出した。

「そうだ。ミサをすっぽかしたんだった」

「今からでも間に合うさ」

「間に合うわけないだろ！　地球の裏側だって、終わってる」

「なに。信徒から文句を言われたら、堕天使と戦っていたと言えばいいさ」

「ああ、またオカルト司祭扱いされる……」

御母衣《みほろ》は、苦笑いだ。

ようやく見せた笑顔は、どこか、この山の空気のように澄んでいる。
白銀の峰が夕焼けに赤く染まっていく。
西の空には、美しい三日月が金星と寄り添うように輝いていた。

月夜の再会

ことの起こりは一通のメールだった。

爽《さわ》やかな日曜の朝。マンションの自室でいつものように、布教活動のため、日曜ミサのWeb配信を執り行った少し後のことだった。安吾《あんご》のスマホに問題のメールが着信したのは。

「うお」

見た瞬間、安吾がのけぞったので、怪訝《けげん》に思ったのは御母衣《みほろ》だった。

「どうした？　安吾」

「いや……。あー……こりゃまずいことになった」

いつになく動揺して目が泳いでいる。ライブ配信用のカメラを片付けていた御母衣《みほろ》は、手を止めてメールの文面を覗《のぞ》き見た。

〝よう、安吾。久しぶりだな。今日のミサを見たぞ。元気そうで何よりだ。明後日、日本に行くことになったから、空港まで迎えに来てくれ。よろしくな〟

業務連絡にしてはやけにざっくばらんな文面だ。

送信者の名前は「ミヒャエル・レーム」とある。

「友人か？」

「上司だ」

安吾はげんなりとした様子で、顔面に手を当てた。

「うちの極東アジア教区長をやってる。俺の直属のボスだ」

御母衣《みほろ》も「あっ」と声を発して状況を察した。それは……安吾も動揺するわけだ。

安吾が所属する門衛騎士修道会《ハダニエル・ナイツ》の布教活動は今はＷｅｂ上でのみ行っていて、日本に教会は持たない。海外に数カ所、拠点教会を持っていて、そこで地域の活動を統括している。極東アジア教区の拠点教会はマカオにあり、そこから中国、韓国、日本へと修道士が派遣されているのだ。時々総会があって本部に赴き、活動報告をするのが恒例だった。人手不足で日本担当は安吾だけ、ということもあり、他の教区に比べれば割合のびのびとやってこれたのだが……。

「その上司が抜き打ち監査にでも？」

「名目は休暇だ」

彼らにとっては年末年始はクリスマスという大行事があって多忙を極める。年が明けてから、ぼちぼちと長期休暇を取り始めるのだが、安吾は例の事件でクリスマスミサをすっぽかしたため、本部から大目玉をくらい、休暇返上で本部の仕事もやらされているところだ。

「休暇なら、問題ないじゃないか。ちょっとつきあって食事でもしてくれれば」

「休暇という名目の、調査だ。たぶん」

と顔を覆っていた安吾が、左手薬指にはまっている指輪を見せた。

「おまえとの契約。きっと契約した相手と会わせろ、と迫られる」

「あー……」

門衛騎士《ハダニエル・ナイツ》修道会の修道士は、ひとりにつき一体まで「悪魔」をしもべにつけることができる。

もちろん契約後はきちんと本部に届け出る決まりではあるのだが……。

「もしかして、僕のことはまだ……？」

御母衣《みほろ》拓磨《たくま》は本部にマークされてきた存在だ。第一級の異端「アベル」ではないかとの疑いを持たれている。その御母衣《みほろ》を独断でしもべにしてしまった安吾は、どう報告すべきか、悩み続けて今に至る。

「そうだったのか？　てっきり本部の指示かと」

「おまえをなんとしても引き留めるためにやった。本当なら修道会の大本部に連れていくはずだった。だから困ってる。教区長が来るとなると、おまえと会わせないわけにいかない」

「僕が御母衣《みほろ》拓磨であることは黙っていればいいじゃないか」

「ばか。呑気《のんき》な温泉好きのおっさんとはいえ、教区長だぞ。第一級異端の疑いがあるおまえに気づかないとでも思うのか」

そうでなくとも、安吾が最初に御母衣《みほろ》をマークしたのは、本部からの情報があったからだ。

「御母衣《みほろ》とは接触できなかった」と嘘《うそ》の報告をしてごまかしてきたが、教区長まで上り詰めた男の目を簡単にごまかせるとは思えない。

「だが、僕は人の関心を妨害《ジャミング》できる」

「通りすがりならな。だが、相手はおまえをマークしてる組織のボスだ」

気づかないはずがない。御母衣《みほろ》は見かねて、一緒に方策を考えた。

「たまたまいなかったことにする、とか」

「そんな言い訳が通用する相手じゃない」

「なら、それらしいやつを見つけて、しもべに仕立てあげる、とか」

「それらしいやつ……」

呟《つぶや》いた安吾と御母衣《みほろ》の目線が、ソファのそばにうずくまっているアブディエルに注がれた。アブディエルは大きなあくびをしている。

「おまえ、いま、俺と同じこと考えただろう」

「あんたこそ」

アブディエルは本物の犬ではない。魔物だといえば、魔物のようなものだ。

「よし、そうと決まれば指輪を偽造しよう。知り合いにハンドメイドの指輪デザイナーがいる」

「けどアブディエルには指がない。足の指にでもはめるのか？」

「問題ない。体の一部ならどこでもいいんだ」

善は急げと動き出す安吾を見て、御母衣《みほろ》は半分呆《あき》れながら言った。

「……それよりも、もっと心配しなきゃいけないことがあるんじゃないのか？」

「心配？　しもべの他にか」

「しもべよりも、ずっと大事だ」

御母衣《みほろ》は腕組みをして壁にもたれながら、告げた。

「あんた、自分が死んでいること……その教区長に隠し通せるのか？」

「あっ」

安吾は絶句してしまう。

それこそが重大な問題だったのだ。

†

まったく御母衣《みほろ》の言う通りだった。

サタンに造られた第一級異端「アベル」をしもべにしたことよりも、重大だった。

死んだ身でありながら、生きている。しかも、よりにもよって闇の天使長サタンによって生かされている――など、どう説明するのか。斜め上を行きすぎて異端どころの騒ぎではない。そんなことが修道会に露見すれば、即磔刑。サタンの降臨先であるゾンビなど、生かす理由がない。

自分の身の心配をしろ、という御母衣《みほろ》の意見は尤《もっと》もだった。

この肉体が屍生体《ししょうたい》であることを、教区長に嗅《か》ぎつけられたが最後、追放どころか処刑の憂き目に遭うのは目に見えている。問題は教区長がそこまで見破れるかどうかだが……。

あの事件以来、安吾が幸いなことに今日まで特段不自由せずに暮らし続けることができたのは、外見のみならば生きている時と何ら変わりないからだ。

心臓は止まっているから、そもそも新陳代謝がない。全てが時を止めて凍っているような状態だ。腹も減らないし、暑さ寒さも感じない。食事をしても栄養が肉体に吸収されることはなく、眠気すら感じないから二十四時間起きていられる。一切の生理現象から解放されて、かえって煩わしさがなくなったと思えるほどだ。

命が尽きた肉体の命を、繋《つな》いでいるのはサタンだ。うなじに浮き出た悪魔の数字以外には外見で見分けることは難しい。常人には違いもわからないだろう。

だが、相手は異端退治のスペシャリストだ。

果たして、隠しおおせるだろうか。

急用ができた、と口実をつけて会わない手もあった。しかし、数ヶ月後の定期集会には、どの道、出席することになる。いずれ必ず仲間の前に出ていく日が来る。

「……日隠しなら、できないこともない」

と御母衣《みほろ》が言った。相手の判別眼を鈍らせる方法があるという。御母衣《みほろ》は世界各地の呪術《じゅじゅつ》にも通じている。奇天使《マステマ》狩りで、たびたびサタンの手の者から追跡される中で得た知恵だという。

「それをすれば隠し通せるのか？」

「たいていは、な。だが並外れて強い霊能力者相手なら、効いても数時間だ。あんた次第だ。どうする？」

「なら数時間だけ」

とにかく会ってみよう。危険な賭《か》けだが、腹をくくるしかない。

自分が屍生体であることから逃れて、この先、生きていくことはできないのだから。

†

「久しぶりだな、アンゴ!」

到着ロビーに現れたレーム教区長は、一目で見つけ出すことができた。

金髪碧眼《へきがん》のドイツ人は外国人の多い空港でもよく目立つ。司祭といえど、プライベート旅行なので普段着だ。ファーのついたダウンコートに身を包み、黒いサングラスが面長《おもなが》の容貌《ようぼう》によく似合う。上背もあるので人混みの中にいても、頭ひとつ、高い。

ゆるくくつろげたシャツの襟《えり》からは、銀の十字架が覗いている。手首にも高そうな時計をつけていて、修道士という慎み深い職業からは、およそかけ離れた出《い》で立ちだ。

「ようこそ、レーム教区長」

「おや。少しやせたんじゃないのか? アンゴ。日本で精進料理ばかり食べてるせいか?」

「日本でも、日常的に精進料理は食べませんよ」

「なら、豆腐のせいか? 夏の冷や奴《やっこ》は最高だな」

握手しながら快活に笑う。レームは安吾が初等修道院で学んでいた頃からの先輩でもある。

安吾とは七歳ちがいになるが、すこぶる優秀な男で、三十代後半でオセアニア教区長に抜擢《ばってき》されて以来、各地の教区長を歴任し、次は、本部に七人しかいない審議官入りが約束されている。

相変わらずのオーバーアクションで抱擁の仕方も大胆だ。

「おい、ずいぶん体が冷たいな」

「あ……ああ。先ほどまで外にいたので」

「香水を変えたか？　ずいぶんエキゾチックな香りがする」

これは、と安吾は取り繕《つくろ》った。

「日本で手に入れたお香です。仏教寺院で用いるジャパニーズ・フレグランスです」

ほう、と感心してレームはくんくんと嗅ぎ回る。

「これぞ東洋の神秘だな。禅の境地にも通じる。異教を褒めるのは本意ではないが、この奥行きのある繊細な香りは我々西洋の者には作れない」

そう、この香りだった。御母衣《みほろ》が用意してきた魔香であり、嗅いだ相手の霊的嗅覚《きゅうかく》を麻痺《まひ》させることができる。堕天使《フォーリン》に年中追われる御母衣《みほろ》が、地獄犬《ヘルハウンド》の鼻を鈍らせるために使う香りだった。

よく効いているようで、レームは安吾の異変に気づかない。おしゃべりに夢中だ。一度話をし始めれば立て板に水で、相づちを打つ暇さえ与えない。航空機の乗り心地や機内食の評価を一通り並べ立てたところで、

「それで？　噂《うわさ》のしもべはどこにいるんだい？」

「人混みを嫌うので家で待たせてあります」

デリケートなんだな、と言い、きれいな青い瞳で安吾の左薬指を見る。

「君は昔から悪魔嫌いだったから、しもべも持たないものと思い込んでいたよ。そんなに相性がよかったのかね」

「最近、地獄犬《ヘルハウンド》の悪さがひどいので、仕方なく」

「ふむ」

じろじろと安吾を舐《な》めるように見る。安吾はヒヤヒヤものだ。いつ自分が屍生体と見破られるか、と気が気でない。レームの観察眼から逃れるようにスタスタと歩き出した。

「銀座《ぎんざ》の寿司屋を予約しておきましたから、そちらで食事しながらゆっくり話しましょう」


食通でもあるレーム教区長は、日本料理がいたく気に入っている。

寿司が大好きで、店に入れば率先してカウンター席に座る。握りを食べる時に箸《はし》を使わず、三本指で器用にすくいあげ、ちょんちょんとネタの先に醤油《しょうゆ》をつける手つきは、江戸っ子顔負けだ。寿司に舌鼓《したつづみ》を打つレームは、ご満悦だった。

「日本の地酒は素晴らしいね。この喉《のど》ごし、洗練されていてまるで芸術品だ。そのへんのワインなんか飲めなくなるよ」

と禁欲をモットーとする修道士にあるまじき言葉を連ねる。門衛騎士修道会《ハダニエル・ナイツ》は厳格なことで知られているが、レームは昔から破天荒な男で、異端退治でもトップレベルの成績を収めている。Web布教を考案したのもこの男で、旧態依然の組織を改革する手腕を買われての教区長就任だった。ゆえに古い者からは睨《にら》まれることも多かったが、目下の者からは慕われている。安吾を日本担当に据えたのも、このレームだった。

「季節限定の吟醸酒を取りそろえてもらいました。ささ、どうぞ」

「おお、ジャパニーズ・お酌、だな。こうかい？　オットット……」

安吾がしきりに酒を勧めるのは、てっとり早く酔わせて異端ハンターとしての嗅覚を鈍らせてしまいたいとの下心だ。幸いにしてレームは、安吾の異変にまったく気づく気配もない。

「……そういえば、君のところの教区では、立て続けにふたりも堕天使が現れたそうだね」

どきり、として安吾はお猪口《ちょこ》を持つ手が揺れた。思わず指先が濡《ぬ》れて、慌てておしぼりで拭《ふ》かねばならないほどだ。

「いきなり仕事の話ですか」

「いや、急に思い出したものだから。確かネルガルと……」

「ニスロク。まあ、五十年に一度の大物ですね。どちらも」

「ひとりで退治したのか」

酔っているにしては鋭い質問だ。さすが若くして教区長に上り詰めた男。安吾は内心警戒しているが、おくびにも出さず、ガリを口に放り込んだ。

「もちろんです。というか、ひとりでやるしかありませんからね。どこも人手不足で応援をよこしてくれるような余裕がない」

「おいおい。あてつけか。確かに日本担当は今のところ君ひとりだが」

「おかげさまで追い返すことはできました。ふたりとも目玉だけになってしまったので、あと五十年は復活してこられないでしょう」

と御母衣《みほろ》が言った台詞《せりふ》をそのまま口にする。そうか、とレームは感心しながら答えた。

「君も腕を上げたものだな。アンゴ。昔から君には目をかけていた。しかし、報告によると、君と一緒にもうひとり、協力者とおぼしき者がいたそうだが」

安吾の心臓が飛び跳ねた。酒を口に含んでいたら間違いなく、むせていた。

「そ、それは誰から聞いたんです」

「君の報告書にあったんじゃないか。自分の書いたことも忘れたのか」

ああ、と安吾は思い出した。御母衣《みほろ》の名前は出していないが、経緯報告する中でまったく触れないのも不自然だったので「協力者」とだけ記したのだ。

「それは……私のしもべのことです」

「ああ、例の。人型だったのか」

「いえ、犬型です」

「犬型？　地獄犬《ヘルハウンド》をしもべに？」

「いえ、地獄犬《ヘルハウンド》ではありません。姿が犬なだけです」

「報告書には、若い男であるとあったぞ」

「ふだんは犬の姿なのですが、変身能力があって時々、人間になるんです」

「そうだったのか。日本には面白い魔物がいるものだな。名のある魔物か？」

「大口真神《おおくちのまかみ》といいまして……」

安吾は神仏の世界に造詣が深い。雑学も、こういう時には役に立つ。

「ニホンオオカミを神格化したものでして、秩父《ちちぶ》の三峯山《みつみねさん》で信仰されているものをしもべにつけました。姿は狼犬そっくりです」

と言い、安吾はスマホで大口真神を描いた神札を検索し、レームに見せた。横向きの黒い狼を象《かたど》った姿は、耳がピンと立っていて牙《きば》が鋭く、確かにアブディエルとそっくりなのだ。

「ほう……。大したものだな。日本の神をしもべに」

「日本は八百万《やおよろずの》神と言って、森羅万象、目に映る物も映らない物も、神格化するのです。動物の魂も神となり精霊となり、先祖代々祀《まつ》られているのです」

そういう日本独特の宗教観がレームには興味深いようだった。

「私の故郷でも、キリスト教が入ってくる前は自然崇拝がさかんで、様々なゲルマン神がいた。日本の神か。私もひとつ、しもべにしてみたいものだ」

「そう簡単にはできません。日本人の心性を深く理解した者だけがしもべにすることを許されるのです。そもそも日本の神というものは──」

滔々《とうとう》と語り始めた安吾は話術でレームを煙《けむ》に巻いてしまった。

「……ですから、日本の八百万の神の前では、堕天使も歯が立たなかったのでしょう」

「そうだったのか。いや、さすがだ。アンゴ。君はさすが私が見込んだだけある」

大きな手で背中をバンバン叩《たた》く。

「君の手柄は本部も認めている。近々昇格もありえるかもしれないな」

え！　と安吾は目を剝《む》いた。

「いえいえ、昇格なんて結構です。私のような取り柄のない者が」

「なにを言っている。堕天使ふたりを仕留めた上に、日本の神をしもべにつけたんだ。私が審議官ならとっくに君を教区本部に迎えている」

「私は現場がいいです。日本がいいです」

安吾は頑《かたく》なに言い張った。

「ですので、そういう話は遠慮します」

「まったく野心のない奴め……」

呆れながらも、レームは同じ現場主義者としてその言葉が嬉《うれ》しかったのだろう。

「まあ、いい。今夜は旨《うま》い酒をたらふく呑もう」

†

酔いも回って銀座の夜を堪能したレームは、上機嫌だ。

カラオケを満喫し、夜も更《ふ》けて、あとはホテルに連れていくだけと相成った。どうやら安吾のことは気づかれていない。夜の街を歩きながら、このままホテルまで送り届けてしまえば、もう大丈夫と思っていた矢先だった。

「そうだ、アンゴ。しもべはどこだ、しもべは」

「は？」

ろれつの怪しい口で突然、レームが言い出した。

「しもべに会わせるという約束だろう。エンゲージしたというのにこの俺に挨拶もなしか。おまえのところのしもべは、どういうしつけをしてるんだ」

くだを巻き始める。これには安吾も困った。レームはしつこく「会わせろ会わせろ」とだだをこね始める。このままホテルで騒がれても困ると思った安吾は、仕方なく応じることにした。

日比谷《ひびや》公園にレームを連れていき、ここで待つよう、伝えた。

酔っ払ったレームはベンチに座り込んで、大きな声で歌を歌っている。ただの酔っ払いだ。安吾は物陰に行き、御母衣《みほろ》とスマホで連絡をとった。

「そんなことだろうと思った」

御母衣《みほろ》はすぐに現れた。近くで奇天使狩《マステマ》りをしていたという。アブディエルを連れている。

「あれがおまえのボスか？」

物陰からレームを見つめて、御母衣《みほろ》は言った。

「修道士のくせにあんなに堂々と酔っ払って大丈夫なのか？」

「いつものことさ」

と安吾は肩をすくめた。御母衣《みほろ》はアブディエルに言い含め、

「――いいか。さっき言った通りにやるんだぞ。怪しまれないようにな」

アブディエルは見るからに、やる気がない。嫌そうにしながら、それでも御母衣《みほろ》の命令なので仕方なく安吾についていった。

ベンチにぐんにゃりともたれかかって門衛騎士《ハダニエル・ナイツ》の歌を歌い上げていたレームの元に、安吾がアブディエルを連れて現れた。レームは突然現れた黒い狼犬を見て、ぱっと目を輝かせた。

「おお、これが例の大口真神《おおくちのまかみ》か！」

はい、と安吾がアブディエルの尻尾を見せて、その付け根に腕輪のようにはまっている契約の指輪を、自分の指輪と並べて「証拠だ」というように披露した。

「このとおり。私のしもべです」

指輪は模造品だ。尻尾サイズのものをわざわざ作ってはめさせた。

「おお、素晴らしいな！　こんな愛らしいしもべを持てるなんて、うらやましい限りだよ！　初めまして、大口真神《おおくちのまかみ》君！　私が教区長のレームだ」

というとアブディエルの顔を思いっきりグリグリと撫《な》で回す。嫌がって思わず嚙《か》みつきそうになるアブディエルだが、物陰から御母衣《みほろ》が物凄《ものすご》い顔で睨んでいるので抵抗を堪《こら》えた。「よーしよしよし」とレームは激しく全身の毛並みを撫で回す。

レームは大の犬好きだったのだ。

「おい、アンゴ。こいつは本当にしもべか？　やけに毛並みが生々しいじゃないか。本当はペットなんじゃないのか」

「いえ、しもべです。魔物です」

「いいな、アンゴ。私も一頭、欲しくなってきた。どこに行けば捕まえられる？」

酔ったレームは大興奮だ。レーム教区長の激しい愛撫《あいぶ》に耐えているアブディエルを、御母衣《みほろ》は同情気味に見つめている。安吾の正体に気づいていないのは良いことだったが、アブディエルにとってはある意味、一番厄介な手合いとの出会いになってしまったらしい。

「耐えろよ……アブディエル」

保護者のような気持ちで木陰から見守っていた御母衣《みほろ》だったが――。

ふと、周囲に暗い気配を感じ取った。御母衣《みほろ》は鋭く反応し、手にしたコウモリ傘を強く握りしめた。不穏な気配が集まってくる。ひとつではない。ふたつ、みっつ……。

森の奥から金色に輝く目が、十……いや、二十はいるだろうか。

地獄犬《ヘルハウンド》だ。

群れを成して、赤い陽炎《かげろう》を纏《まと》いながらこちらに近づいてくる。いや、ちがう。標的は自分ではない。

安吾たちだ。

レームとのやりとりに気をとられ、安吾は気づいていない。さすがのアブディエルも察知できてはいないようだ。

御母衣《みほろ》は身構えた。地獄犬《ヘルハウンド》たちがどうして突然現れたのか。狙いは安吾？　それともレームのほうか？

だがレームの中に奇天使《マステマ》がいる気配はない。とすると、目的は奇天使《マステマ》でもないはずだ。どこかで主である堕天使が指示している？　門衛騎士《ハダニエル・ナイツ》を倒せ、と命令を受けたのか。

「あー、酔っ払ったなあ。このフカフカの黒い君を抱いてこのまま眠ってしまおうか」

「教区長。こんなところで寝たら凍死してしまいますよ。起きてください、教区長！」

安吾たちを尻目に、御母衣《みほろ》は動いた。地獄犬たちに先制攻撃を仕掛けた。

傘から剣へと姿を変えた自らの肋骨――《アベルの肋骨《アベルズ・リブ》》を振りかざし、躍りかかる。一頭の横腹を突き刺した。途端に地獄犬《ヘルハウンド》たちが闘気を剝き出しにして御母衣《みほろ》めがけて襲いかかってくる。

御母衣《みほろ》はインバネスコートを翻し、一頭一頭を仕留めていく。暗がりでの戦いになった。

地獄犬《ヘルハウンド》の悲鳴に、アブディエルが反応した。途端に危険を察知して目の色が変わり、御母衣《みほろ》を援護せんと地を蹴《け》って走り出す。

「あ……おい、アブディエル！」

だが、地獄犬《ヘルハウンド》たちは安吾たちの背後にも迫っていた。

鋭い牙を剝いて、闇の中から赤い炎を纏った地獄犬《ヘルハウンド》が数頭、出現し、襲いかかってくる。安吾がぎりぎりのところで気づいてレームをかばった。

「うお！」

地獄犬《ヘルハウンド》の体当たりをくらって安吾は肩を痛めたが、地面に伏したレームは、しかし迂闊《うかつ》にも酔いがまわって熟睡モードに入っている。うそだろ、と思いつつ、安吾はパンツの裾《すそ》をまくりあげ、ふくらはぎに巻いてあったガンベルトから拳銃を引き抜いた。葬送弾が装塡《そうてん》してある。

そこに地獄犬が赤い炎の尾を引いて、飛びかかってくる。

安吾は迷わず引き金を引いた。

地獄犬は額の真ん中を撃ち抜かれて、もんどり打って倒れ込む。

「安吾……、無事か！」

御母衣《みほろ》が叫んだ。

「ああ！　何頭だ！」

「十二……十三！」

御母衣《みほろ》は《アベルの肋骨《アベルズ・リブ》》で着実に地獄犬を仕留めていく。アブディエルも負けじと立ち向かう。喉笛に食らいつき、数頭を仕留めた。

「そっちに三頭行ったぞ！」

御母衣《みほろ》の声とほぼ同時に、三方から同時に地獄犬《ヘルハウンド》が襲いかかってきた。安吾は立て続けに引き金を引く。あやまたず三頭の頭を撃ち抜き、地面に落とした。

御母衣《みほろ》も最後の一頭を迎え撃ち、白骨の剣で喉笛から首根っこを串刺しにした。途端に消し炭となって消えていく。倒れ込んだ地獄犬たちも激しく悶《もだ》えていたが、やがて炭化して消滅した。

「大丈夫か、安吾」

「ああ、いきなりだったな……」

「そっちのひとも、大丈夫か」

レームはいびきをかいて眠っている。これには御母衣《みほろ》も呆れ果てた。

「……さすがあんたのボスだけある。この状況で、つぶれて寝られるとは」

「ほんとに、な……。大物なのか、なんなのか」

安吾はレームの大きな体を背負った。

「とりあえずホテルに送り届けてくる。おまえたちは先に帰ってろ」

「ああ。気をつけてな」

「そっちも。今夜はもう奇天使《マステマ》狩りはやめて、寄り道しないで帰れよ」

言い残し、安吾はレームをおんぶして宿泊しているホテルへと向かっていった。

御母衣《みほろ》はアブディエルと見下ろすと、尻尾の付け根にはめている贋物《にせもの》の契約指輪を外してやった。安吾たちを見送る御母衣《みほろ》の表情は、だが、真顔だった。

「あれが門衛騎士団《ハダニエル・ナイツ》の……教区長」

険しい目つきになって、ふたりが去っていった方角を睨んでいる。

真冬の冴《さ》えた月が、街灯の上に輝いている。

金のコインめいた月は、御母衣《みほろ》たちの影をくっきりと地面に映しだしていた。

†

その翌朝のことだった。安吾のスマホにレームから電話がかかってきたのは。

『いやあ、それが全然覚えていないんだ。いつのまにかホテルのベッドで寝ていたよ』

はははは、と呑気に笑っている。二日酔いの気配はないが、相変わらず豪快な男だ、と寝不足気味の安吾はげんなり答えた。

「私が担いで送り届けたんですよ。本当に覚えてないんですか」

『カラオケ屋を出たところまでは覚えているんだがね……。そのあと、もう一軒行ったのか？』

これが禁欲を旨とする修道士の教区長ともあろう男かと思うと、安吾は頭痛がする（もちろん、死んでいるので本当の頭痛ではない)。

「ということは、日比谷公園で私のしもべと会ったことも覚えていないんですか。地獄犬《ヘルハウンド》に襲われたことも?」

『そういえば、何か黒くてモコモコしたものと触れあった気がする。羊でもいたかね?』

安吾はめまいがしてソファに倒れ込みそうになった。死んでいることが見破られるどころか、アブディエルのことも覚えていないとは。地獄犬《ヘルハウンド》と戦った時、レームに御母衣《みほろ》の姿を見られたのではないかとひやひやしていたのだが。

『改めて、これから君のしもべに会いに行くよ。何時に行けばいい?』

「駄目です。私はこれから仕事で出かけなくてはなりませんから」

『なんだ、つれないこと言うなよ』

「次は教区総会の時にでも。またマカオの本部で会いましょう」

通話はそこで終わった。安吾はぼさぼさの髪をかきながら「やれやれ」と深く溜息《ためいき》をついてしまった。そこに御母衣《みほろ》がマグカップを差し出した。淹《い》れ立ての珈琲《コーヒー》だ。

「門衛騎士団《ハダニエル・ナイツ》はホントに大丈夫なのか?」

「泥酔しても翌朝には必ず剣の稽古に出てくるくらいだ。そうでもなきゃ教区長になんかなれないよ」

「出世欲は」

「……そんなもん、おまえと会った時に捨てた。俺は万年、平修道士《ヒラ》でいい」

「ならいいんだが」

御母衣《みほろ》の表情は、だが笑っていない。目つきばかりは鋭く、結露した窓を眺めている。

「どういう意味だ。まさか何か気づかれているとでも？」

「いや……。そういうことじゃないが」

御母衣《みほろ》はレームに何を感じたのか。だが、今は深くは追及しないようにしよう、と考えたのだろう。珈琲を飲み干して、まだ眠っているアブディエルをねぎらうように撫で始めた。

「このまま平穏であってくれれば、それが何よりなんだがな……」

だが、サタンは決して御母衣《みほろ》を——アベルをあきらめはしないだろう。

何より目の前にサタンの降臨先があるということが、御母衣《みほろ》にとって何を意味するか。

アブディエルが安吾をひどく警戒するのは、ひとえに、安吾がいつサタンに乗っ取られるかわからない恐ろしさと危なっかしさがあるからだ。

「平穏か……。こんな肉体のまま、どこまで生きればいいんだか」

行き着くところが見えない不安を、まともに見てしまったら、押し潰されてしまいそうになる。

それでも今は——。と思い、安吾は御母衣《みほろ》を見た。

相変わらず美しい横顔は、どこか憂いを帯びて見える。

それでも今は、この美しい異端とともにあることに、不思議な喜びを覚える。彼と共にいられれることが心の支えだ。ただこうしていられることだけが。

そんなふうに思える自分が、不思議でもあり、不可解でもある。

「御母衣《みほろ》……」

なんだ？　と御母衣《みほろ》が目を上げる。安吾は苦い……とも思わない珈琲を、一口、飲んだ。

「生き抜いていこうな」


通話を終えたレームは、スマホをそっと執務机に置いた。

カーテンを閉め切ったホテルの部屋には、もうひとり、男がいる。

黒い詰め襟の修道服に身を包んだ若者だ。中背で、顔立ちは東洋系だが、童顔で肌が浅黒い。

レームが安吾と通話を終えるまで、微動だにせず、机の前に立っていた。レームは顔を上げず、目を伏せたまま苦笑いを浮かべた。

「……アンゴのやつ、どうやらまだ気づいていないようだ」

「まちがいありません。ゆうべ、地獄犬を倒したもうひとりの男」

と目の前にいる若者が、抑揚なく言った。

「当修道会の指輪をはめていました。まちがいありません。あれが、宇能《うのう》の本物のしもべです」

「やはりな。当局へは」

「照会中です。ですが、十中八九、ヤツでしょう」

「君もそう思うかい。李秀華《リシュウファ》」

とレームはその若者を呼んだ。

「実は、私もそう睨んでいるんだ。

「指示をください。教区長。私はそのつもりで日本に来ました」

そうだな、と言い、レームは立ちあがると、カーテンから漏《も》れる細い光を睨んで、腰の後ろで手を組んだ。

「ならば、君に命令だ。宇能安吾の身辺を監視し、しもべの正体を明らかにせよ。君に日本支部着任を命ずる」

「ありがとうございます。教区長」

李秀華は左胸に拳を当てて、門衛騎士《ハダニエル・ナイト》流の忠誠を示した。

「それでは次の報告を、お楽しみに」

レームは胸前で十字を切った。

「我ら門衛騎士《ハダニエル・ナイト》に神のご加護があらんことを」

あとがき

私と担当kさんはほぼ同世代です。若い頃に夢中になった作品を話し出すと止まりません。

今回の『アベル』は、私たちが十代の頃ならきっとハマったであろう世界を作ろう、ぎゅんとくる設定をこれでもかと盛り込みましょう、との目標のもと、生み出されました。

十代の頃の私よ、どうだ。ぎゅんとくるか?

そう問いかけながら、書き続けてきたような気がします。

たぶん、書けている気がします。

皆さんも、ぎゅん、してくれるといいなあ、と思っております。

最後まで読んでくださって、ありがとうございました。

二〇一七年八月

桑原水菜

◆初出一覧◆

アベル～サタンに造られし魂～／小説ビーボーイ(2014年1月号)掲載

アベル～罪の爪痕～／小説ビーボーイ(2017年春号)掲載

月夜の再会／書き下ろし

ビーボーイノベルズをお買い上げいただきありがとうございます。
この本を読んでのご意見・ご感想をお待ちしております。

〒162-0825 東京都新宿区神楽坂6-46
ローベル神楽坂ビル4F
株式会社リブレ内 編集部

アンケート受付中
リブレ公式サイト http://libre-inc.co.jp
TOPページの「アンケート」からお入りください。

BBN
B●BOY NOVELS

アベル ～サタンに造られし魂～

2017年9月20日 第1刷発行

著者――桑原水菜

発行者――太田歳子
発行所――株式会社リブレ
〒162-0825
東京都新宿区神楽坂6-46ローベル神楽坂ビル
営業 電話03(3235)7405 FAX 03(3235)0342
編集 電話03(3235)0317
印刷所――株式会社光邦

定価はカバーに明記してあります。
乱丁・落丁本はおとりかえいたします。

この書籍の用紙は全て日本製紙株式会社の製品を使用しております。

Printed in Japan
ISBN 978-4-7997-3486-5